三國志

관우

유비

공명

장비

손권

사마의

원소

헌제

동탁

조조

조운

여포

三國志

관우

마초

사마의

손권

손권

유비, 관우

유비

유선

조운

조조

주유

하진

삼국지 3

三國志

The Story of the Three Kingdoms

기획·진행 | 배은정, 엄하나
지은이 | 나관중
편저 | 왕금분
옮긴이 | 배은정
디자인 | 엄하나
표지 디자인 | 김형진
영업마케팅 | 헤지원 영업팀
ISBN | 89-8379-330-9
ISBN | 89-8379-327-9 (세트)
정가 | 8,500원

사실화로 보는
삼국지 3

초판 인쇄일 | 2004년 1월 30일
초판 발행일 | 2004년 2월 10일
발행인 | 박정모
발행처 | 도서출판 헤지원
주소 | 서울시 동대문구 장안1동 420-3호
전화 | 영업부 02)2212-1227, 2213-1227 / 편집부 02)2249-7975
팩스 | 02)2247-1227
홈페이지 | http://www.hyejiwon.co.kr
e-mail | hyejiwon@hyejiwon.co.kr
담당자 e-mail | judy@hyejiwon.co.kr

삼국지 3

三國志

The Story of the Three Kingdoms

머리말

    2권에 이어 '적벽대전' 후, 동오, 조위, 촉한 각자 수도를 정하여 삼국이 다져지면서 새로운 세상이 열립니다.

    그러나 아쉽게도 좋은 시간은 그리 오래 가지 못합니다. 관우는 자부심이 너무 강해 적을 우습게 보게되어 초국의 가장 중요한 곳 형주를 잃고 낡은 맥성에서 목숨을 잃게 되고 이것을 시작으로 연이어 좋지 않은 일들이 일어납니다. 장비도 비참하게 죽고, 유비는 오국을 공격하다가 실패하게 됩니다. 비록 공명 혼자 남아 중요한 임무를 이끌어 나가지만 이미 대세는 정해졌기 때문에 결국 피로가 쌓여 오장원에서 병으로 죽게 됩니다.

    사람이 태어나면 당연히 죽는 것이 세상의 이치인 것입니다. 결국 촉한은 유비의 아들 유선에게 맡겨지지만 지켜낼 능력이 없었기 때문에 위나라에 넘어가게 됩니다.

    한편, 위나라에서는 조예가 병으로 죽은 후, 정치와 군사 모두 사마씨 부자의 손으로 넘어갑니다.

　할아버지에서 손자까지 삼대에 걸쳐 하늘을 찌를 듯 했던 그 위세는 조방이 황제자리에서 쫓겨나고, 조모는 살해당하며, 조환에 와서는 강제로 사마염에게 황제 자리를 넘겨 주는 것으로 끝이 나게 되고, 결국 사마 씨에 의해 진나라가 세워집니다.

　동오는 손권이 죽은 후부터 조정 대신들의 권력다툼으로 엉망이 되어 갑니다. 마지막으로 손호에 이르러서는 그의 포학하고 거만한 행동 때문에 민심을 잃게 되어 결국 사마염에게 항복합니다. 이렇게 하여 삼국시대가 끝나게 됩니다.

　삼국시대는 중국의 역사라는 큰 무대에서 벌어진 감동적인 한편의 대서사시이고 피와 땀이 배어있는 좋은 공연입니다. 모든 주인공들은 그 무대 위에서 그들의 인생을 통해 충의와 배반, 슬기로움과 어리석음, 꿋꿋함과 박정함을 보여 주고 있습니다.

차 례

차 례

등장 인물

등장 인물

❖ 190년 군웅할거

189년 동탁이 낙양에서 헌제를 새 황제로 옹립시키면서 실권을 장악하자, 각지의 제후들이 동탁을 타도하겠다고 일어난다.
그렇지만 얼마 후, 그 제후들이 서로 영토를 둘러싸고 싸움을 벌이기 시작하고, 이 때 조조와 원소 두 맹주가 부각되기 시작한다.

❖ 229년 삼국의 정립

229년 삼국이 정립되어 263년 촉이 멸망하기까지 약 35년간 삼국
이 대립하는 시기가 계속되었다.

천하통일은 위나라를 대신한 진 왕조에 의해 이루어진다.

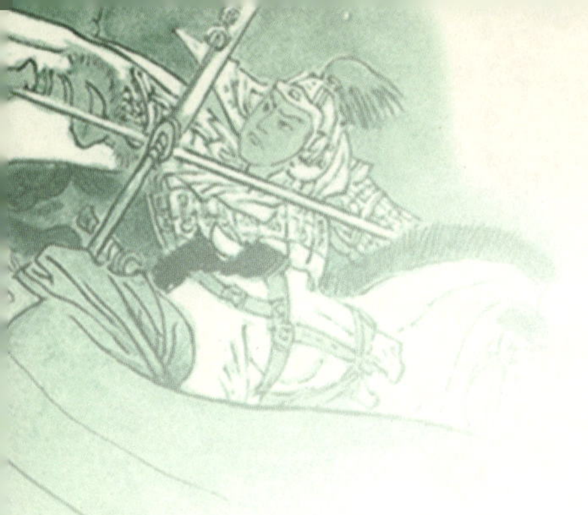

41

관우, 장사를 차지하다

동한 헌제 건안 십삼 년, 조조는 백만 대군을 이끌고 남쪽으로 내려와 적벽에서 손권, 유비 연합군과 강을 사이에 두고 싸움을 벌였다. 결국 조조는 주유와 공명의 꾀에 넘어가 전군이 전멸하기 직전에 이르렀다.

조조는 몇몇 충성스러운 장수들의 보호를 받으며 정신없이 도망쳐 겨우 화용도에서 한숨을 돌리고 있는데 관우가 그곳에서 길목을 지키고 있었다.

조조의 부하들은 관우를 보자 더 이상 살 수 있는 방법이 없다고 생각했다. 그러나 정욱만이 냉정하게 조조의 곁으로 다가가 낮은 목소리로 속삭였다.

"관우는 정에 약하고 어려운 이를 도울 줄 알며 은혜와 원수를 확실히 하는 용감한 사람입니다. 예전에 그와 유비의 두 부인이 허도에 있을 때 승상께선 그를 어렵게 하기는 커녕 오히려 예로써 대해 주셨습니다. 만

약 승상께서 직접 말을 몰고 나아가 옛정을 일깨우신다면 분명히 이 어

려움에서 빠져나갈 수 있을 것입니다.”

　조조도 다른 방법이 없다고 생각되어 말을 달려 관우가 있는 곳으로

가서 염치 불구하고 몸을 구부려 인사한 후 말했다.

　“관장군, 기다린 지 오래되었소? 아니 오시는 것이 좋지 않았을까요?”

　관우도 몸을 구부려 인사를 한 후 말했다.

“저는 군사님의 명을 받고 특별히 이곳에서 조승상을 기다리고 있었습니다.”

조조는 일부러 침착한 척 웃으면서 말했다.

“내가 싸움에 져서 도망칠 길이 없소이다. 장군, 옛정을 생각해서 내게 길을 열어주시지 않으시겠소.”

“일찍이 관 아무개는 장군의 두터운 정을 입었던 것은 확실합니다. 그러나 안량과 문추의 목을 베어 어려웠던 백마 싸움을 승리로 이끈 것으로 은혜를 보답했다고 생각합니다. 그런데 제가 오늘 사사로운 정 때문

에 공사를 그르치고 장군을 보내줄 수 있겠습니까?"

"이것을 어찌 사사로운 정 때문에 공사를 그르치는 것이라고 할 수 있소? 그렇다면 내가 현덕의 두 부인을 보호해 준 것이 사사로운 일이었단 말입니까? 장군은 춘추(春秋)를 읽으셨으니, 자고로 대장부는 세상을 살아가는데 신의를 가장 중요시해야 한다는 것쯤은 잘 아실 것이오. 그렇지 않고서야 사람이 살아가는데 무슨 의미가 있겠습니까?"

관우는 의를 매우 중요시하는 사람인지라 조조의 이 한 마디에 예전에 조조가 베풀었던 은혜를 생각하지 않을 수 없었다. 또한 조조의 병사들도 모두 땅바닥에 엎드려 살려달라고 애원하니 어쩔 수 없이 고개를 떨구고 조용히 말머리를 진지로 돌렸다.

이것은 분명히 조조를 놓아주겠다는 뜻이었다. 영리한 조조는 곧바로 말을 달려 그곳을 지나쳤다. 관우는 갑자기 군령장을 어긴 것이 생각나서 곧바로 소리쳤다.

"어디를 가느냐!"

조조의 병사들은 놀라 말에서 내려 무릎을 꿇고 살려 달라고 애원했다. 관우는 또 마음이 흔들려 어떻게 해야 할 지 고민하고 있을 때 장료가 말을 달려 관우의 앞을 지나가자, 옛 정이 생각나서 더는 막지 못하고 길게 한숨만 내쉬며 모두 보내주고 말았다.

한편, 하구에서는 모두들 승리를 축하하느라 한참 흥겨웠다.

장비, 조운 그리고 그들의 부하 장수들은 자신의 승리를 자랑하기 위해 전리품들을 내보이며 뽐냈다. 유비와 공명도 기분이 좋아 잔을 높이 들고 그들의 승리를 축하했다.

이때, 관우와 그의 부하들이 조용히 돌아왔다.

공명은 이런 관우를 보자 곧바로 술 한 잔을 가득 채워서 직접 계단을 내려가 관우를 맞으며 말했다.

"축하드립니다. 장군, 온 백성들을 대신하여 큰 적을 없애셨으니 이는 세상을 떨칠만한 큰 공을 세우신 것입니다. 어서 오르십시오. 제가 온 백성을 대신하여 장군께 술 한잔 올리겠습니다."

"제가……, 아닙니다……."

관우는 말을 제대로 할 수 없었다.

"왜 그러십니까? 무슨 일이라도 생겼습니까?" 공명이 물었다.

"저는 죽음을 받으러 왔습니다."

관우가 심각하게 말했다.

"저는 아무런 공도 세우지 못했습니다. 군사님, 규율에 따라 저를 벌해주십시오!"

"그렇다면 조조가 화용도를 지나지 않았다는 말이오?"

공명이 이해할 수 없다는 듯 물었다.

"아닙니다. 군사께서 말씀하신 대로 조조는 화용도로 도망쳐 왔습니

다. 그렇지만 제가 능력이 없어 그들을 놓치고 말았습니다.”

“뭐라고요?”

공명은 관우를 똑바로 쳐다보며 심각하게 말했다.

“조조를 잡지 못했다면, 그의 부하 몇몇이라도 잡으셨겠지요?”

“아닙니다. 한 명도 잡지 못했습니다.”

공명은 하얀 얼굴이 붉게 변하면서 크게 소리쳤다.

“이것은 분명 장군이 옛정 때문에 일부러 그를 놓아 준 것이로군요.

군령이 있거늘 어찌 그리 쉽게 어길 수 있단 말입니까? 여봐라, 군법에

따라 관우를 끌고 가 목을 베어라!”

그때 유비가 쏜살같이 뛰어나와 말했다.

"나와 운장은 일찍이 삶과 죽음을 같이 하기로 도원에서 결의했소. 만약 오늘 운장의 목을 베려 한다면 나도 같이 죽으라는 것이 아니오? 군사, 제발 나를 봐서라도 이번만은 용서해주고 나중에 공을 세워 갚게 해주시구려!"

사실 공명은 관우가 분명히 조조를 그냥 보내줄 것을 알고 있었던 터라 군주가 직접 용서를 빌자 관우를 용서해 주었다.

한편, 조조는 구사일생(九死一生)으로 살아 남아 허도로 도망쳐 온 후,

남쪽으로 내려올 생각을 잠시 접었다. 그리고 주유는 병사들을 모으고 장수들을 정리하여 남군을 공격할 준비를 했다. 그렇지만 유비가 먼저 남군을 빼앗을 것이 염려되어 직접 유비를 찾아가 서로 약조를 맺었다. 주유가 먼저 남군을 공격하여 만약 실패한다면, 그땐 유비가 남군을 차지한다고 해도 아무 말 않겠다는 내용이었다.

주유는 남방에 남아 있던 조인, 조홍과 여러 차례 싸워 양쪽 모두 부상자가 많이 생겼다. 또한 남군성을 공격할 때 주유는 왼쪽 옆구리에 독화살을 맞고 말에서 떨어져 부하들이 그를 구해 진중으로 돌아왔다.

이 틈을 이용해 공명은 조운을 보내 성으로 들어가 군수를 잡고 병권을 차지하여 쉽게 남군을 차지했다. 그런 후 형주와 양양에 거짓으로 발병부(군대를 동원하는데 쓰는 것)를 보내 군사를 일으켜 도와주러 오게 했다. 한편 이 틈에 몰래 장비와 관우에게 형주와 양양 두 성을 공격하게 하여 아무런 힘도 들이지 않고 쉽게 성을 차지할 수 있었다. 주유는 이 사실을 알고 화를 내다가 화살에 맞아 난 상처가 덧나 그 자리에서 피를 토하고 쓰러져 정신을 잃었다.

유비는 한꺼번에 세 성을 얻은 후, 현명한 선비 마량(馬良)의 말에 따라 유기를 형주자사로 삼아 달라는 조문을 올리고 자신은 양양에 머물며 백성들을 안심시켰다. 관우는 형주를 지키게 하고 미축과 유봉은 강릉을 지키게 했다. 그리고 나머지 사람들과 온 힘을 다해 남방의 네 군(무릉,

계양, 장사, 영릉)을 공격할 계획을 세웠다.

영릉 태수 유도(劉度)는 유비가 대군을 이끌고 온다는 소식을 듣고 곧바로 그의 아들 유현(劉賢)과 대장 형도영(邢道榮)에게 군사를 주어 맞서게 했다. 그러나 형도영이 조운의 한칼에 말에서 떨어져 죽자 유현과 그의 아버지 유도는 성문을 열고 항복했다. 결국 유비는 영릉도 손에 넣게 된 것이다.

이어서 조운과 장비는 각각 계양과 무릉을 공격하여 한 번에 세 군을 얻게 되었다. 유비는 너무 기뻐 곧바로 편지를 써서 관우에게 이 기쁜 소식을 전했다.

관우는 형주를 지켜야 하기 때문에 마음대로 움직이진 않았지만, 사실 너무 답답했다. 게다가 지금 조운과 장비가 각자 공을 세우고 있으니 자신이 그들에게 뒤쳐져선 안되겠다고 생각했다. 그래서 곧바로 유비에게 답장을 보냈다.

"남방의 네 개 성 중 장사만 아직 얻지 못했습니다. 만약 형님께서 저를 중히 여기신다면 이번에는 저를 보내 공을 세워 예전의 잘못을 대신할 수 있도록 기회를 주십시오."

유비는 관우의 편지를 받자마자 장비를 형주로 보내 관우를 대신하게 했다. 관우는 오백 명의 병사를 이끌고 곧바로 장사로 향했다. 장사 태수 한현(韓玄)은 관우가 군사를 이끌고 공격해 온다는 소식을 듣고 곧바로 노장 황충(黃忠)을 보내 막도록 하였다.

황충과 관우, 두 사람은 말을 타고 싸우기 시작해 서로 얽혀 싸운 지 백합이 넘도록 승패가 나지 않았다. 한현은 황충의 체력이 약해질 것이 걱정되어 징을 울려 병사들을 불러들였다.

다음날 아침을 먹은 후 관우는 다시 성 앞으로 가서 싸움을 걸었다. 한현은 황충을 내보내고 자신은 성 위에 앉아 지켜보았다. 두 사람이 오 육십 합 동안 눈이 어지러울 정도로 싸우는 것이 쉽게 끝날 것 같지 않아 보였다.

이때, 관우가 말을 박차고 방향을 바꿔 달리기 시작하자 황충이 곧 뒤쫓아갔다.

관우는 지는 척하고 도망치다가 적이 가까이 오면 갑자기 되돌아서서 적을 치는 전술인 타도계(拖刀計)를 쓸 생각이었는데 갑자기 뒤쪽에서 이상한 소리가 들려 뒤돌아보니 황충의 말이 무언가에 걸려 넘어지는 바람에 황충도 같이 땅바닥에 나뒹굴었다.

관우가 칼을 한번 휘두르기만 하면 황충의 몸은 두 동강이가 날 상황이었다. 황충도 더 이상 도망칠 수 없다는 것을 깨닫고 태연하게 죽음을 기다리고 있었다.

그러나 관우는 언월도를 치켜들고 큰 소리로 말했다.

"만약 내가 이 기회에 너를 죽인다면 쉽게 싸움에서 이길 수 있겠지만, 이번 한 번만은 너의 목숨을 살려 준다. 빨리 돌아가 말을 바꿔 타고 다시 한 번 붙어보자."

죽음의 문 앞까지 갔다 온 황충은 고개를 떨구고 성으로 돌아와 한현에게 죄를 빌었다.

한현이 말했다.

"내가 성에서 모든 것을 보았소. 이번 일은 모두 말이 발을 헛디뎌서 일어난 일인데 내가 어찌 장군을 탓할 수 있겠소. 그리고 장군의 활 솜씨

는 백을 쏘면 백 모두 벗어나는 일이 없을 정도로 매우 정확하니 화살을
이용해 보는 것은 어떻겠소? 내일 장군의 뛰어난 활 솜씨를 발휘한다면
반드시 관우를 잡을 수 있을 것이오."

"알겠습니다. 내일 다시 싸울 때, 싸움에 지는 척해서 적교까지 끌어들
인 후, 관우를 쏘아 맞춰 없애겠습니다." 황충이 대답했다.

그러나 그는 마음이 편치않았다.

"관우는 의기(義氣)있는 사람이라 나를 모질게 죽이지 않았다. 그런데 내가 어찌 그를 죽일 수 있단 말인가? 그렇지만 만약 활을 쏘지 않는다면 아마 주공께서……."

다음날 아침, 관우가 또 싸움을 걸어왔다.

두 사람이 싸운 지 얼마 안 돼 황충이 거짓으로 지는 척하며 다리가 있는 쪽으로 도망치기 시작하자 관우가 말을 달려 쫓아왔다. 이때 황충이 몸을 돌려 활을 쏘려고 하였다. 그런데, 어제 관우가 자신을 살려 보내준 일이 생각나서 손에 힘이 빠졌다. 그래서 빈 활시위를 당겨 퉁기는 시늉

만 할 뿐 화살은 쏘지 않았다.

관우는 황충이 활 쏘는 것을 보고 급히 몸을 피했는데 화살은 보이지 않았다. 그래서 계속 뒤쫓았다. 이때 또 한번 활시위 퉁기는 소리가 나서 몸을 피했는데, 이번에도 화살이 보이지 않았다. 그제서야 관우는 황충이 빈 활시위를 당겨 쏘는 시늉만 한다는 것을 알고 마음놓고 쫓기 시작했다.

❀ 황충(黃忠)

자는 한승이고 남양사람이다. 칼쓰는 것에 능숙하고 바위도 깰 수 있는 힘과 뛰어난 활 솜씨를 가졌다.
원래 유표 밑에서 중랑장을 지냈고, 후에 한현을 섬기다가 유비에게 간 후 줄곧 선봉이 되어 많은 공을 세웠다. 후에 정군산에서 하우연을 없애서 정서장군 관내후에 봉해졌다.

적교 근처에 도착하자 황충은 다시 한번 활시위를 당겼다. 이번에는 어느 쪽에도 치우치지 않고 똑바로 날아가 관우의 투구 끈을 맞췄다. 관우는 너무 놀라 말머리를 돌려 진채로 돌아갔다. 관우는 비로소 황충이 백 걸음 멀리 떨어진 곳에 있는 버들잎도 꿰뚫을 정도의 활 솜씨를 가졌다는 것을 알게 되었다. 또한 이번에 투구 끈만 맞춘 것은 어제 자신이 죽이지 않았던 것에 대한 보답이었던 것이다.

황충이 성으로 돌아오자 한현은 곧바로 주위에 있던 장수들을 시켜 그를 붙잡았다.

황충이 억울해하자 한현이 화가 나서 말했다.

"네가 억울하다고 말할 수 있느냐? 사흘동안 나는 줄곧 성 위에서 네가 싸우는 모습을 지켜보았다. 그저께 온 힘을 다해 싸우지 않는 것을 보고 이미 네가 딴마음을 품고 있다는 것을 알았다. 또 어제는 말에서 떨어진 너를 관우가 그냥 보내준 것을 보면 분명 너희들끼리 내통하고 있었던 것이 틀림없다. 그리고 오늘은 두 번이나 빈 활시위만 당기고 세 번째가 되서야 투구 끈을 맞췄다. 평소 너의 활 솜씨를 봐선 절대로 그런 실수는 있을 수 없다. 반드시 그를 놓아줄 마음이 있었던 것이다. 오늘 만약 너를 없애지 않으면 훗날 반드시 근심이 생길 것이다. 여봐라, 어서 저자를 끌어내 목을 베어라!"

사람들은 이 소식을 듣고 모두 나와서 그를 살려달라고 빌었다.

한현은 크게 소리쳤다.

"감히 황충을 대신해서 용서를 비는 자가 있다면 같은 무리로 여겨 함께 목을 베겠다!"

눈앞에 있는 망나니의 철칼은 이미 높이 들어 올려져 명성 높던 장사의 대장군 황충의 목숨이 곧 사라지려 하자 사람들의 마음은 모두 편치 못했다. 이때 갑자기 한 장수가 사람들 틈을 뚫고 형장으로 뛰어 들어와서 망나니를 한칼에 베어 버리고 황충을 구해 형장을 달아났다. 얼굴색이 붉으스름하고, 두 눈이 반짝이며 기백이 넘쳐 보이는 이 장수는 바로 대장 위연이었다.

　위연은 의양 사람으로 원래 형주의 유표 밑에서 한몫 하던 대장이었
다. 형주가 적에게 넘어가자 그는 유비를 따르려 했었지만, 아쉽게도 뜻
대로 되지 않아 장사로 와서 몸을 의지하고 있었다. 그러나 한현은 그를
오만하고 무례한 사람으로 여겨 중히 쓰지 않았고, 위연의 마음 속엔 항
상 불만이 가득 차 있었다.

　이때 위연의 큰 소리가 들려왔다.

　"황장군은 장사의 훌륭한 장군이다. 황장군을 죽이는 것은 바로 장사
의 백성을 죽이는 것과 같다. 현명하고 바른 이를 대접할 줄 모르고 잔악

한 한현같은 놈은 없어져야 한다!"

말을 마치고 칼을 한번 휘두르자 곧바로 수백 명의 흥분한 병사들과 백성들이 위연을 따랐다. 황충이 몸을 일으켜 막으려 했을 때는 이미 때가 늦었다. 할 수 없이 그저 고개를 저으며 한숨만 내쉴 뿐이었다. 위연이 성을 공격해 들어가 한칼로 한현을 두 동강내자 병사들이 크게 소리치며 기뻐했다.

위연은 한현을 죽인 후 백성들을 이끌고 관우에게로 가서 항복하였다. 관우는 매우 기뻐하며 성으로 들어가 백성들을 안심시켰다.

성안의 일이 어느 정도 정리되자 관우는 사람을 보내 황충을 불렀지만 황충은 병을 핑계삼아 나오지 않았다. 관우는 하는 수없이 사람을 보내 유비와 공명에게 이 소식을 알렸다.

유비는 황충과 위연의 일을 듣고 직접 황충의 집으로 찾아갔다. 황충은 유비의 성의에 감동받아 결국 항복했다.

다음날 관우는 위연과 같이 유비를 만났다. 유비는 곧 위연을 반갑게 맞이했다. 그런데 뜻밖에 공명이 갑자기 화를 내며 말했다.

"충의와 의리도 없는 이 사람을 어서 끌어내 목을 베어라!"

사람들은 너무 놀랐다. 그러자 공명이 설명했다.

"봉록을 받는 이가 그 주인을 죽였으니 불충한 것이고, 그 땅에 살면서 그 땅을 적에게 바쳤으니 이는 불의를 저지른 것입니다. 만약 주공께서 위연에게 상을 내리신다면 백성들에게 좋지 못한 본보기가 될 것입니다. 그리고 그의 뒤통수에 반골(어떤 세력이나 권위에 굴하거나 복종하지 않고 저항하는 기개. 또는, 그런 기개를 가진 사람)이 있는 것이, 훗날 반드시 주공을 저버릴 사람입니다. 오늘 그를 살려둔다면 훗날 큰 근심거리가 생길 것입니다."

"그를 죽인다면, 항복해 온 나머지 사람들도 모두 불안해 할 것이오. 그를 살려주셨으면 하오."

공명은 위연을 가리키며 말했다.

"듣거라, 내 오늘 잠시 너의 목숨을 살려주겠다. 그러니 너는 반드시 충성을 다해 주공의 은혜에 보답해야 할 것이며, 절대 딴 마음을 품어서는 안될 것이다. 만약 딴마음을 먹는다면 너의 목숨을 그냥 두지 않겠다."

위연은 거듭 감사하고는 물러났다.

한편 손권은 적벽대전에서 이긴 후 곧바로 합비를 얻으려 했다. 그러나 몇 번의 공격에도 불구하고 아직 합비를 차지하지 못하고 있었다. 손권은 마음이 급해져 계속 공격을 해보았지만 그때마다 싸움에 져서 송겸과 태사자를 차례로 잃었다.

손권은 한 번에 두 대장과 적지 않은 수의 병사를 잃어 마음이 편치 않았지만, 장소의 충고를 듣고 군대를 정리하여 남서로 돌아가 다시 싸울 준비를 하기로 했다.

42

유비, 형주를 빌리다

적벽대전 후 손권은 이번에도 형주를 쉽게 얻을 수 있을 것이라고 생각해 노숙을 보냈다. 그러나 공명은 형주의 주인은 원래 유표였기 때문에 그의 아들 유기가 이어받아야 한다고 주장했다. 그리하여 형주는 우선 유비가 잠시 맡고 있지만 곧 유기가 이어받기로 하고, 만약 유기가 죽게 되면 그 후에 동오에 돌려주기로 노숙과 약속했다.

뜻밖에 그리 오래 지나지 않아 유기가 세상을 떠나자 노숙은 문상을 핑계삼아 형주로 찾아와 예전에 했던 약속을 끄집어냈다. 공명은 얼굴색을 바꿔 언짢은 표정을 지으며 말했다.

"어찌 이렇게 일의 이치를 모르실 수 있습니까? 우리 주공은 일찍이 중산정왕의 후예이시고 지금은 황제의 숙부이십니다. 또한 형주의 옛 주인 유표와는 형제지간이었습니다. 그러니 동생이 그 형의 땅을 물려받는 것이 안 될 것이 없지 않습니까? 반면 오후께서는 성이 유씨도 아니시고

또한 조정에 어떠한 공도 세우신 것이 없는데 억지로 형주를 차지하려는
것은 너무 지나치신 것 아닙니까? 더군다나 적벽대전 또한 동오만의 힘
은 아니었습니다. 만약 제가 동남풍을 불게 하지 않았다면 어떻게 화공
을 이용할 수 있었으며, 또한 조조의 백만 대군을 당해낼 수 있었겠습니
까? 옳고 그름을 잘 아시는 자경께서 어찌 이 점을 모르실 수 있습니까?"

공명의 말에 자경은 말문이 막히고 한편으로는 억울하다는 생각이 들어 이렇게 말했다.

"당양 싸움에서 위험에 처하셨을 때 황숙을 모시고 강을 건너 오후를 뵙게 해드린 적이 있었습니다. 또한 뒷날 주유가 군사를 일으켜 형주를 차지하겠다는 것을 제가 말려 공자가 죽은 후 형주를 돌려 받기로 했습니다. 그런데 지금에 와서 약속을 지키지 않겠다고 하시니 제가 돌아가 뭐라고 변명을 할 수 있겠습니까? 만일 주 도독이 화가 나서 군사를 일으켜 공격이라도 한다면 큰일이지 않습니까?"

공명이 차갑게 한 마디 했다.

"조조가 천자의 이름을 앞세우고 백만 대군을 거느리고 있었을 때도 나는 전혀 무서워하지 않았습니다. 하물며 어린 주유가 뭐 대단하다고 무서울 게 있겠습니까? 만약 선생께서 면목이 없으시면, 제가 주공께 부탁드려 잠시 형주를 빌려 머물다가 서천을 공격해 얻은 후에 다시 돌려드리겠다는 약속의 문서를 써드리면 어떻겠습니까?"

노숙은 어쩔 수 없이 그렇게 하기로 했다. 이렇게 해서 공명은 종이와 붓을 가져오게 하여 유비에게 직접 약속 문서를 쓰게 한 후, 세 사람이 모두 서명을 했다. 이것을 노숙이 가져가도록 주었다.

노숙은 약속 문서를 가지고 동오로 돌아온 후, 먼저 시상으로 가서 주유를 만났다. 주유는 노숙의 이 말을 듣고 고개를 저으며 탄식했다.

"자경이 또 속았구려! 이런 약속 문서로 무엇을 한단 말입니까? 그들이 서천을 차지하는데 몇 년이 걸릴지 어찌 알겠습니까? 더구나 보증까지 서셨으니, 만약 이 사실을 주공께서 아신다면 자경께 죄를 물으실 것입니다."

노숙은 이 말을 듣고 한참을 멍하게 있다가 걱정스러워서 물었다.

"어떻게 하면 좋겠습니까?"

주유는 이리저리 생각하다가 갑자기 손뼉을 치며 말했다.

"맞다! 주공께는 아직 결혼하지 않은 어린 누이 한 분이 계시지 않습니까? 유현덕의 정실부인인 감부인이 얼마 전 병으로 세상을 떠났습니다. 내가 주공께 편지 한 통을 써서 형주로 중매인을 보내 유현덕을 강동으로 결혼하러 오게 만들어 그가 남서에 오면 잡아 가두었다가 형주와 바꾸는 것입니다."

"그렇지만……, 유황숙은 오십이 다 되었고 주공의 누이는 아직 이십 대의 꽃다운 나이인데 주공께서 허락을 하시겠습니까?"

"아니요, 이것은 연극일 뿐입니다! 유현덕을 속여 강동으로 오게만 하면 그 다음 일은 우리가 다 알아서 할 수 있습니다."

"아! 그렇군요."

노숙은 그제야 비로소 깨닫고 주유에게 고맙다는 인사를 했다.

"만약 이번 계책이 성공한다면 제가 장군께 큰 은혜를 입게 되는군요!"

　이렇게 하여 주유는 편지를 써서 노숙에게 주고 빠른 배를 골라 그를

남서로 보냈다.

　주유가 예상했던 대로 손권은 노숙이 가져온 약속 문서를 보고 매우

화를 내었다가 주유의 편지를 읽자 다시 기분이 좋아졌다. 이렇게 하여

여범(呂範)을 형주로 보내 이번 혼사 일을 맡게 했다.

유비는 이번 혼사를 혼자 쉽게 결정할 수 없어 공명을 찾아가 상의했다.

공명은 크게 웃으며 말했다.

"주유가 아무리 재주를 부려도 나 제갈량의 손바닥 안을 벗어나지 못하는구나! 주공, 아무것도 걱정하지 마시고 가서서 혼례를 치르십시오. 주공께선 어여쁜 부인을 얻으실 뿐 아니라 형주를 잃는 일도 없을 것입니다."

공명은 조운을 돌아보고 말했다.

"자네는 주공을 모시고 오국으로 가게. 여기 세 개의 비단 주머니가 있으니 그 중 하나는 강동에 도착해서 열어보고, 나머지 두 개는 위급할 때 열어 보아 쓰여진 그대로 따른다면 아무 일 없을 것이오."

이렇게 하여 유비는 조운과 군사 오백을 이끌고 불안한 마음을 가지고 강동으로 떠났다.

남서에 도착해서 조운은 비단 주머니 한 개를 열어 주머니 안에 있는 계책에 따라 병사들에게 붉은 비단을 몸에 두르고 혼례에 필요한 물건들을 사들이게 했다. 또한 손씨와 유씨 두 집안이 혼인을 하여 좋은 관계를 맺게 된다는 소문을 여기저기 퍼뜨려 온 성 안 백성들이 다 알게 하였다. 심지어 손권의 어머니인 국태부인까지 이 소식을 듣고 놀라지 않을 수 없었다.

국태부인은 화가 나서 손권을 나무랐다.

"자네는 도대체 이 어미를 안중에 두기나 하는 것이오? 내가 낳은 내 딸을 자네 마음대로 유비에게 시집보내려고 했단 말인가? 이렇게 큰 일을 어찌 내게 숨길 수 있단 말이오!”

손권은 어쩔 수 없이 속사정을 말했다.

“이것은 주유의 생각입니다. 다만 유현덕을 오국으로 오게 하려는 것이지 절대로 누이동생과 결혼시키려고 한 것이 아닙니다.”

“너무 지나친 계획이구나!”

국태부인은 이 말을 듣고 더욱 화를 냈다.

“여섯 군과 여든 개의 주를 다스리는 대 도독이 형주 하나를 얻지 못해서 내 딸을 희생양으로 삼는단 말이오! 지금 온 성 사람들이 이번 혼례를 다 알고 있는데, 만약 자네가 유비를 죽여버린다면 그 후에 누이동생은 어떻게 하란 말이오? 한평생 과부로 지내라는 것이 아니오?”

손권은 아무 말도 못하고 국태부인이 시키는 대로 이번 혼례를 진짜로 치르게 되었다. 손권은 이 혼사가 이뤄지는 바람에 원치도 않던 유비의 큰처남이 되었다.

주유는 이 사실을 알고 비밀 편지를 써서 손권에게 보냈다. 이번 계책은 손부인의 아름다움을 이용해서 유비의 판단력을 흐리게 만들라는 것이었다. 아름다운 여인에게 빠져 즐거운 시간을 보내면 고향에 돌아가는 것도 잊을 것이고 그렇게 되면 당연히 형주의 일에도 신경 쓰지 않게 될 것이기 때문이다.

매일 편안한 생활에 젖어 있는 유비를 보고 조운은 마음이 조급해져

두 번째 비단 주머니를 열어보았다. 과연 공명은 귀신같은 사람이었다. 일찍이 오늘과 같은 날을 예상하고 있었다.

조운은 계책을 본 후 곧바로 유비가 있는 곳으로 달려가 알렸다.

"큰일났습니다! 조조가 오십만 대군을 이끌고 형주성을 공격해 오고 있다고 합니다. 주공 어서 돌아갈 준비를 하십시오."

> **작은 자료실**
>
> ❋ 형주는 한나라 36주 중 하나로써 영릉, 계양, 무릉, 장사, 남양, 강하와 남군을 관리하였으며 지금의 호북, 호남 두 성과 하남, 귀주, 광동, 광서의 일부분을 포함하고 있었다. 장강 중류에 위치하고 있어 정치, 군사 등 모든 면에서 중요한 지역이었기 때문에 조조, 손권, 유비 모두 차지하고 싶어했던 곳이다.

"정말인가? 그런 일이……." 유비는 망설이고 있었다.

이때 손부인이 직접 내실에서 나와 말했다.

"형주가 위험하니 어서 돌아가셔야지요! 우리는 이미 부부가 되었으니 저도 당신과 함께 가겠습니다."

다음날 아침, 두 사람은 강가에서 조상께 제사를 지낸다는 것을 핑계 삼아 사람들의 눈을 피해 강가로 와서 조운과 만났다. 손권은 이 소식을 듣고 곧바로 사람을 보내 그들을 막게 했다.

유비는 병사들이 쫓아오는 것을 보자 마음이 조급해져 어찌해야 좋을지를 몰랐다.

그때 조운이 말했다.

"주공 너무 놀라지 마십시오. 군사가 주신 비단 주머니가 하나 더 남
아 있습니다."

유비는 비단 주머니를 열어보고 곧바로 손부인에게 부탁했다.

"지금 부인만이 이 어려움을 해결할 수 있습니다. 그렇지 않으면 이 사
람은 부인 앞에서 죽을 수밖에 없습니다."

손부인은 마차의 발을 들어 올리고 병사들을 바라보며 나무라기 시작
했다.

"너희들이 감히 나를 막느냐? 나는 국태부인의 명령을 받고 남편의
고향으로 제사를 지내러 가는 길인데 너희들이 감히 무례하게 나를 막
느냐!"

손부인이 무섭게 꾸짖자 어느 누구도 감히 나서지 못하고 그냥 물러날
수밖에 없었다. 주유가 직접 강가로 쫓아왔을 때, 갑자기 산 속에서 몇
부대의 군사들이 뛰어나왔다. 알고 보니 관우가 앞장서고 왼쪽에는 황
충, 오른쪽에는 위연이 있었다. 이들이 오병을 공격하는 동안, 유비 일행
은 안전하게 공명이 준비한 배에 올라타고 그곳을 무사히 빠져나왔다.
뒤로 병사들의 높은 함성만이 들려왔다.

"주유의 묘한 계책이 천하를 편하게 했네. 부인도 내어주고 병사들까
지 꺾였구나!"

주유는 너무 화가 나서 상처가 터지는 바람에 피를 토하며 쓰러졌다.

주유는 참을 수 없이 화가 나서 마음속엔 온통 복수를 해야겠다는 생

각뿐이었다. 어느 날, 주유는 노숙을 불러 말했다.

"유비가 형주를 돌려줄 가망이 없을 것 같소. 그대가 유비에게 가서 우리가 대신 서천을 공격할테니 군량과 병사들만 도와 달라고 말해주시오. 나에게 다 방법이 있소."

노숙이 형주로 가서 이 일을 얘기하자 공명은 아주 쉽게 받아들였다.

주유는 공명이 자신의 계책에 넘어갔다고 생각하여 기분 좋게 병사들을 정리하여 형주로 출발했다. 사실 서천을 공격한다는 핑계로 형주를 차지하려는 것이었다.

형주성에 도착했을 때 마중 나온 사람은 하나도 없고 오히려 조운이 성벽 위에서 철저하게 준비하며 기다리고 있었다. 관우, 장비, 황충, 위연은 각자 군사를 이끌고 사면을 둘러싸고 있었다. 주유는 화를 이기지 못하고 말에서 굴러 떨어졌다.

얼마 되지 않아 공명이 사람을 시켜 편지를 보내왔다.

주유는 편지를 다 읽은 후 길게 한숨을 내쉬며 말했다.

"내게 나라에 충성하고 싶은 마음이 없는 것이 아니라, 하늘이 나를 버리는구나!"

이렇게 말하고 하늘을 향해 다시 한 번 길게 한숨을 내쉬었다.

"이미 주유를 낳았거늘 왜 제갈량을 또 낳으셨단 말인가!"

이렇게 몇 마디하고 나서 붉은 피를 토하며 숨을 거두었다. 그때 그의 나이 겨우 서른 여섯이었다.

43

장비, 지혜로 파군을 차지하다

한 헌제 건안 18년, 조조는 서량을 차지하여 그 위세는 하늘을 찌를 듯했다. 한편 한중 땅을 차지한 지 삼십여 년이 되어 가는 한릉 태수 장로(張魯)는 조조가 언제 공격해 올 지 모르기 때문에 가까운 서천을 차지한 후, 세력을 키워 조조의 공격에 맞설 계획을 세웠다.

이 소식은 매우 빠르게 서천에 전해졌다. 익주목 유장은 너무 놀랐다. 곧바로 장송을 조조에게 보내 도와달라고 부탁했다. 그렇지만 조조는 익주를 그다지 중요하게 생각하지 않았다. 장송은 하는 수없이 형주로 가서 부탁해보는 수밖에 없었다.

장송은 형주에서 유비의 정성스러운 대접을 받으면서 속으로 이렇게 생각했다.

'유비는 어질고 너그러운 사람이니 만약 그가 천하를 통일한다면 반드시 나라가 편안하고 백성들도 안정될 것이다.'

이렇게 해서 마음의 결정을 내리고 유비에게 말했다.

"유장은 지혜롭지 못하고 능력이 없어 큰 일을 이룰 사람이 못됩니다.

또한 장로가 이 땅을 노리고 있습니다. 그에게 서천을 빼앗기는 것보다

황숙께서 다스려 주시는 것이 더 나을 것입니다."

유비는 망설이며 말했다.

"귀인의 좋은 뜻은 저도 고맙게 여깁니다. 그러나 유장은 저와 같은 종친인데 제가 어찌 그의 땅을 뺏을 수 있겠습니까? 게다가 여기서 서천으로 가는 길에는 수많은 산과 강을 지나야 하기 때문에 위험하고 거칠다고 들었습니다. 만일 그 땅을 빼앗을 생각이 있다 해도 무슨 방법으로 험하고 거친 땅으로 들어갈 수 있겠습니까?"

장송은 지도 한 장을 꺼내 유비에게 건네주면서 말했다.

"이것이 서천의 자세한 지도입니다. 제가 안에서 황숙을 도울 것이니 서천을 공격하여 얻도록 하십시오."

유비는 기쁨을 감추지 못하고 말했다.

"만약 이 일이 잘 된다면 내가 반드시 꼭 보답하겠습니다."

다음날 장송은 익주로 돌아가 유장에게 유비와 힘을 합쳐 군사를 일으키도록 권했다.

유장도 고개를 끄덕이며 기분 좋게 동의했다. 이렇게 해서 유비는 공명, 관우, 장비, 조운을 남겨 형주를 지키게 했다. 한편 방통을 군사로 삼고 황충을 선봉으로 하여 직접 오만 병사를 이끌고 서쪽으로 향했다. 익주에 도착하자 유장도 삼만 병사를 이끌고 맞이하러 나왔다. 두 사람은 처음 만났지만 오래 전부터 알고 지낸 사람처럼 뜻이 매우 잘 맞았다.

얼마 안 돼 방통은 유비에게 빨리 손을 쓰라고 권했다. 하지만 유비는 차마 유장을 해치지 못하고 계속 미루기만 했다. 며칠이 지나 장로가 쳐 들어 오려 하자 유장이 급히 유비에게 군사를 이끌고 막아줄 것을 부탁 했다. 방통이 발을 동동 구르며 말했다.

"우리는 좋은 기회를 놓치고 말았습니다. 일단 가맹관으로 나간다면 다시 돌아와 유장을 없애기는 힘들어집니다!"

그렇게 생각하지 않는 유비는 군사를 이끌고 변방 지역으로 출발했다. 가맹관에 도착한 유비는 병사들이 절대로 백성을 괴롭히지 못하게 하고 널리 은혜를 베풀어 얼마 안되어 백성들의 신임을 얻었다.

어느 날 갑자기 공명이 편지를 보내와 조조가 군사를 일으켜 손권을 공격하려고 한다는 소식을 전해왔다. 유비는 급히 방통과 상의했다.

방통이 말했다.

"우리는 손권과 이와 잇몸 같은 사이입니다. 만일 조조가 이번 싸움에 서 이기게 되면 그 다음에는 반드시 형주를 공격할 것입니다. 우리는 손 권을 도와주어야 합니다. 그렇지만 우리에게 남아 있는 군량이 얼마 되 지 않으니 유장에게 군량과 돈을 빌리는 것이 좋겠습니다."

"유장과 나는 형제와 같은 사이니 이 일은 문제없을 것이오."

유비는 자신있게 말했다.

그러나 뜻밖에 유장은 유비의 편지를 받은 후 쉽게 결정하지 못했다. 그리고 그의 부하들도 모두 반대하고 나서니 결국 늙고 약한 병사들과 쌀 오만 말만을 보냈다. 정말 성의없는 행동이었다.

 "어떻게 이럴 수 있단 말인가. 나는 이 먼 곳까지 그를 돕기 위해 군사를 이끌고 왔는데, 내가 얼마 안 되는 군사와 돈을 빌리려 한다고 나를 이렇게 대할 수 있단 말인가, 이것이 어찌 형제간의 의라고 말할 수

있겠는가!"

이렇게 해서 방통은 형주를 핑계삼아 돌아가 부관을 빼앗은 뒤 다시 성도를 공격하자고 설득했고 유비도 결국 허락했다.

유비의 대군은 쉽게 부관을 차지하고 낙성으로 향했다. 방통은 직접 군사를 이끌고 앞장서 나갔다. 그러나 낙성 수장이 좁은 길가에 군사들을 숨겨두었다는 것을 몰랐다. 방통 일행은 좁은 길 양 등성이에 나무와 풀숲이 어지럽게 우거진 좁은 산골짜기로 접어들어 앞으로 나가기도 물러서기도 어려운(進退兩難, 진퇴양난) '낙봉파'란 곳에 이르렀을 때 갑자기 산 언덕에서 포향 소리가 나며 화살이 비 내리듯 쏟아졌다.

불쌍한 방통은 미처 몸을 피하지도 못하고 수없이 쏟아지는 화살 아래서 죽고 말았다. 그때 그의 나이 겨우 서른 여섯이었다.

방통이 죽자 곧 병사들은 혼란에 빠져 싸움에 크게 지고 말았다. 서천의 병사들이 계속 공격해오자 유비는 황급히 부관으로 돌아왔다. 그리고는 밤에 형주로 사람을 보내 도움을 청했다.

공명은 이 소식을 듣고 몹시 놀라 급히 관우에게 인수를 전해주면서 '북으로 조조와는 싸우고, 동으로 손권과는 서로 도우라'고 당부했다. 또 마량, 이적, 향랑(向朗)과 관평, 주창을 남게 하여 관우를 도와 형주를 지키게 했다. 그런 후 일만 정예부대를 뽑아 장비에게 주고 큰 길로 낙성을 공격하게 하고 자신은 나머지 군사들을 이끌고 조운을 선봉으로 삼아 강을 따라 서천으로 향했다. 이렇게 두 갈래로 서천을 공격하여 낙성에서 장비와 합치기로 했다.

한편 장비는 일만 정예부대를 이끌고 밤낮으로 달려 파군에 도착했다. 파군 태수 엄안(嚴顏)은 비록 늙었지만 많은 적들도 혼자 당해낼 수 있을

정도로 용맹했다.

엄안은 아무리 소리지르며 욕을 해도 굳게 성을 지키고 있을 뿐 절대 나오려 하지 않았다.

성질 급한 장비가 성을 둘러싸고 있는 강을 건너가니 엄안의 군사들이 활을 쏘아댔다. 장비는 어쩔 수 없이 뒤로 물러났지만 화가 머리끝까지 솟았다.

이렇게 며칠 동안 성 주위를 돌며 욕을 퍼부어도 엄안은 아무런 반응도 보이지 않았다. 장비는 엄안의 화를 돋우려고 계속 욕을 했다. 그렇지만 그를 성밖으로 나와 싸우게 만들 방법이 없었다.

장비는 이리저리 생각 끝에 드디어 한가지 방법을 생각해냈다. 다음 날, 장비는 욕하는 것을 멈추고 부하 장수들에게 각각 병사들을 데리고 산에 오르게 했다.

엄안은 며칠 동안 장비가 싸움을 걸어오지 않자 성밖의 상황이 궁금해졌다. 그는 성밖으로 정탐꾼을 보내 상황을 알아보게 했다.

정탐꾼은 한군의 옷을 입고 몰래 한군 사이로 끼어 들어가 한군을 따라 산으로 올라갔다. 그곳에서는 병사들이 모두 나무칼을 휘두르며 열심히 훈련을 하고 있었다. 날이 어두워질 때쯤에서야 훈련을 멈추고 산아래 진채로 돌아왔다.

서천 병사들은 그 모습을 보고 어리둥절했다. 날이 어두워지자 몰래

장비의 장막 근처로 가서 살폈다. 한 장수의 목소리가 아주 작게 들려
왔다.

"제가 작은 길 하나를 찾았습니다. 지나기에 쉽지는 않겠지만 조금만
무리한다면 가능할 것입니다."

"잘 되었다!"

장비는 기뻐 크게 웃으며 말했다.

"그렇다면 더 기다릴 필요가 뭐 있겠습니까? 만약 늙은 도적 놈 엄안이 알게되면 큰일입니다. 늦출 필요없이 오늘 저녁 삼경(새벽1시경)쯤에 밥을 먹은 후 달이 밝을 때 빨리 진채를 거두어 들여 떠나도록 합시다. 절대 소리내지 말고 조용히 지나가야 할 것입니다. 내일 아침이면 그 늙은 놈은 화가 나서 피를 토할 것이오! 하하하……."

서천 병사들은 급히 성으로 돌아가 이 소식을 엄안에게 알렸다. 엄안은 자세한 이야기를 듣고 웃음을 참지 못했다.

"좋다. 장비, 너는 좁은 길을 지나가거라. 나는 그 좁은 길에서 너를 크게 놀라게 해 주겠다!"

그날 이경(밤 9시~11시 경)에 서천 병사들은 밥을 지어먹고 곧바로 창과 칼을 들고 조용히 성을 나와 몰래 숨어 있었다. 엄안은 직접 정예부대를 이끌고 선봉을 맡았다.

이날은 구름이 달을 가려 하늘은 칠흑처럼 어둡고 바람도 거세져 사방이 조용하고 아무 소리도 들리지 않았다. 대략 삼경이 지난 후 몽롱한 달빛 아래 어렴풋이 한 부대가 걸어오는 것이 보였다. 엄안이 자세히 보니 얼굴은 거무스름하고 긴 창을 든 장군이 보였다. 엄안은 기분이 좋아져서 속으로 생각했다. "장비야! 이번에 너를 기어코 없애주겠다!"

엄안은 장비가 지나가고 이어서 군량이 뒤따르는 것을 보고 뛰어들었다. 엄안은 기분좋게 북을 치며 병사들에게 싸울 것을 명령했다. 숨어 있던 병사들은 북소리를 듣고 사방에서 한꺼번에 뛰어나와 뒤질세라 앞을 다투어 군량을 빼앗았다.

엄안은 앞장서서 긴 창을 흔들며 적진으로 뛰어들었다. 그런데 갑자기 뒤쪽에서 방울소리가 들려왔다. 그는 너무 놀라 지금 상황이 어떻게 된 것인지 제대로 알 수가 없었다. 뒤에서 호랑이 같은 장수 한 사람이 나타

나서 크게 소리쳤다.

"이 늙은 도적아, 내가 너를 기다리고 있었다!"

엄안이 고개를 돌려보니 검은 얼굴에 큰 눈, 아주 크고 튼튼한 몸짓의 사나이가 손에는 장팔사모를 쥐고 있었다. 다름 아닌 장비였다!

"하하하! 한껏 움츠리고 있던 거북이가 드디어 얼굴을 드러냈구나. 내가 너를 어떻게 혼내주는지 한 번 보아라!"

장비는 엄안이 분명히 군사들을 숨겨두었을 것으로 생각하고 다른 사람을 자신처럼 분장시켜 앞장서 지나가게 하고, 엄안이 공격하러 나올 때 뒤에서 갑자기 공격한 것이다. 정말 사마귀가 매미를 잡으니 참새가 뒤에서 기다리고 있는 격이었다.

엄안은 자신이 속은 것을 알고 놀라 넋이 반쯤 나갔다. 마음이 뒤죽박죽 되어 싸운 지 얼마 안 돼 장비의 긴 채찍에 끌려 말에서 떨어졌다. 장비의 병사들은 벌떼처럼 몰려들어 그를 꽁꽁 묶었다. 엄안이 사로잡히자 병사들도 겁이 나서 무기를 버리고 항복해버려 장비는 쉽게 파군성을 차지했다. 결국 모든 성을 한군의 손에 넣었다.

모든 일을 알맞게 처리한 후 장비는 기분 좋게 대청에 앉아 우쭐거리며 말했다.

"군사께선 항상 내가 용맹하지만 지모가 모자라다 말씀하셨다. 그렇지만 이번에 내가 작은 계책을 써서 엄안, 이 늙은 도적놈을 속인 것을 알게 되면 누구도 감히 나를 무식하다고 말하지 못할 것이다."

조금 있다가 병사들이 엄안을 대청으로 끌고 와 땅에 넘어뜨렸다. 엄안은 일어나서 절대로 무릎을 꿇으려 하지 않았다.

장비는 그런 모습을 보고 벌컥 화가 나서 그를 가리키며 욕했다.

"내가 여기 이렇게 있는데, 감히 무릎을 꿇지 않겠단 말이냐?"

엄안은 굳은 표정으로 되받아 욕했다.

"의도 모르는 너희들이 남의 땅을 빼앗아 놓고서 오히려 잘났다고 하느냐! 아! 오늘 내가 이렇게 비참하게 되었구나. 나를 죽일 테면 죽여라. 내가 무릎 꿇고 항복하기를 바란다면 다음 세상까지 기다려야 할 것이다."

장비는 이 소리를 듣고 화가 나 펄쩍 뛰며 말했다.

"죽음을 눈앞에 두고도 아직도 입은 살았구나. 누구 없느냐. 저 놈을 끌고 가 목을 베어라."

엄안은 조금도 두려워하는 기색 없이 떳떳하게 말했다.

"장군은 목이 달아날망정 항복하지는 않는다. 죽이려면 어서 죽여라!"

장비는 얼굴에 위엄이 가득하고 죽음 앞에서 아무런 두려움 없이 당당해 보이는 엄안의 모습을 보자 감탄하지 않을 수 없었다. 곧바로 병사들을 물리고 직접 엄안의 밧줄을 풀어주어 대청으로 부축해 올라와 높은 자리에 앉힌 후 그에게 고개 숙여 절했다.

“노장군, 정말 영웅 중의 영웅이십니다. 방금 제가 무례하게 굴었던 것
에 대해 너무 탓하지 말아 주십시오. 장비는 장군을 진심으로 존경하게
되었습니다.”

엄안은 순간 멍했지만 곧 상황을 이해하고 장비에게 매우 감명받아 결
국 항복하기로 했다.

엄안의 도움을 받아 장비는 아무런 방해없이 쉽게 낙성까지 이르렀다.

44

유비, 서천의 주인이 되다

한편 유비는 힘들게 부성을 지키면서 하루 종일 초조하게 구원병을 기다렸다. 마침내 공명과 장비의 구원병이 도착했다. 사람들은 귀신같은 공명의 지휘 아래 결국 낙성까지 차지하고 이어서 승리의 기세를 몰아 면죽까지 공격했다. 막 성도로 출발하려는데 갑자기 정탐꾼이 급하게 알려왔다.

"유장과 장로가 힘을 합쳐 마초, 양백, 마대에게 군사를 주어 서천을 도우라고 보냈습니다. 그래서 지금 가맹관에서 한참 싸우고 있습니다."

유비는 너무 놀라 어떻게 해야 좋을지 몰랐다. 공명은 침착하게 말했다.

"주공 걱정하지 마십시오. 제게 방법이 다 있습니다. 우선 장비를 흥분시켜야 합니다."

이때 장비는 마초가 관을 공격했다는 소식을 듣고 급하게 유비와 공명을 찾아와 말했다.

"제가 나가 마초와 맞서겠습니다."

공명은 못들은 척하며 유비에게 말했다.

"마초는 용맹하여 쉽게 대할 사람이 아닙니다. 현재 형주에 있는 운장을 불러들이는 수밖에……."

이 말을 들은 장비는 마음이 급해졌다.

"군사, 어찌 저를 그렇게 낮게만 보십니까! 저는 창 한 자루, 말 한 필로 조조의 백만 대군과 맞선 적도 있는데 하물며 마초쯤을 못 이기겠습니까?"

"마초가 위수대전에서 조조를 크게 무찔러 거의 죽음 직전까지 몰고

간 적이 있다는 것을 알아야 합니다. 예사 사람이 아닙니다. 운장이 꼭 이긴다고 말 할 수도 없습니다."

장비는 만약 마초와의 싸움에서 이기지 못하면 벌을 달게 받겠다고 다시 한번 다짐했다. 그제야 공명도 억지로 고개를 끄덕이며 말했다.

"좋습니다. 그렇지만 절대 함부로 행동해서는 안 됩니다."

이렇게 해서 공명은 위연에게 오백명의 기마 보초병을 주어 먼저 보내고, 장비에게 그 뒤를 따르게 했다. 마지막으로 유비가 뒤를 이었다. 이렇게 자신만만하게 가맹관으로 출발했다. 한편 공명은 면죽을 지키며 남아 있었다.

두 부대는 관 밑에서 만났다. 유비는 은색 갑옷에 백색 전포를 입고 말

60

위에서 창을 휘두르고 있는 마초의 영웅같은 모습을 보고 감탄했다.

"사람들이 모두 마초가 평범하지 않은 인물이라고 말하더니, 과연, 세상에는 이름이 헛되이 나는 법이 없구나!"

장비는 이 말을 듣고 기분이 상해서 말했다.

"무슨 기개가 있고 위엄이 있어 보인단 말입니까. 내가 나가서 그를 없애겠습니다."

마초는 장비가 나온 것을 보고 곧 싸울 준비를 했다. 장비는 창을 치켜들고 말을 박차며 달려 나와 크게 소리쳤다.

"너는 이 몸, 장비를 아느냐?"

"어허! 나는 여러 대를 이어온 공후의 집안 사람인데 어찌 너 같은 하찮은 촌놈을 안단 말이냐?" 마초가 하찮다는 듯이 대답했다.

장비는 화가 나서 양미간을 찌푸리고 크게 소리치며 창을 치켜들고 달

작은 자료실

❊ 마초는 서경정서장군 마승의 아들이다. 조조가 서경을 공격할 때 마승과 그의 아들 마휴를 죽여 마초는 아버지와 동생의 원수를 갚겠다고 맹세하고 조조를 공격하기 위해 군사를 일으켰다. 그러나 운이 좋지 못해 싸움에서 지고 서강으로 도망쳐 들어갔다. 이렇게 해서 서강의 병사들과 힘을 합쳐 농서를 공격하여 차지했다.

후에 조조는 하우연을 보내 그를 포위해 버렸다. 마초는 싸움에서 크게 지고 그의 부인과 어린 아들까지 십여 명의 가족이 모두 죽게 되었다. 마초는 가족을 잃고 갈 곳도 없었다. 그렇게 되어 방덕과 마대를 데리고 장로에게 항복하였다.

려갔다. 마초도 물러서지 않고 곧바로 창을 휘두르며 달려나갔다.

두 사람은 백여 합 동안을 싸워도 쉽게 승패를 가릴 수 없었다. 유비는 싸움이 길어지면 길어질수록 이롭지 못할 것 같아 징을 울려 장비를 불러들인 후 쉬게 했다.

성질 급한 장비는 한숨 돌리자마자 투구도 쓰지 않고 두건만 쓴 채 다시 나아가 마초에게 싸움을 걸었다. 다시 백여 합을 싸워도 두 사람은 더욱 힘이 났다. 날이 점점 어두워져 갔지만 두 사람은 우열을 가릴 수가 없었다.

지켜보고 있던 유비는 다시 징을 울려

장비를 불러들인 후 내일 다시 싸울 준비를 시켰다. 그러나 장비는 싸움을 멈출 생각은 않고 크게 소리쳤다.

"불을 밝혀 밤에 싸울 준비를 해라. 나는 마초를 이기지 못하면 절대로 돌아가지 않겠다!"

마초도 말했다.

"너를 이기지 못하면 나 또한 절대로 돌아가지 않겠다."

이렇게 해서 두 군은 천여 개의 횃불을 밝혀 싸움터를 대낮같이 밝게 비추었다. 두 군은 모두 소리 높여 응원하기 시작했다. 불빛 아래 장비와 마초 두 사람만이 왔다 갔다 싸우는데 좀처럼 판가름이 나지 않았다. 창과 칼의 움직임이 마치 은색 뱀이 춤을 추는 것 같아서 보는 사람들을 모두 아찔하게 했다. 그래도 두 사람의 승패는 가리기 어려웠다.

유비는 서로 양보 없이 계속 맞서고 있는 것은 좋은 방법이 아닌 것 같아 소리쳤다.

"나는 인의를 중요시하는 사람이다. 절대로 술수를 쓰지 않을 것이다. 마초, 내일 다시 싸우도록 하자. 나는 절대로 너를 속이고 공격하지는 않겠다."

마초는 이 말을 듣고 창을 거둬들여 싸움을 멈추고 순순히 병사들을 이끌고 물러갔다. 장비도 너무 지쳐 유비의 말대로 돌아와 쉬었다.

다음날, 아침 일찍 일어난 장비는 곧바로 전포를 입고 싸울 준비를 했다.

유비가 급히 서두르는 장비를 말리며 말했다.

"군사를 모셔와 여러 가지 상의해 보는 것이 좋을 것 같다."

장비는 고개를 흔들며 말했다.

"이렇게 나와 막상 막하인 사람은 만나기 쉽지 않습니다. 직접 싸워 이기지 못하면 마음 편히 있을 수 없습니다."

이때 병사 한 명이 들어와 알렸다.

"군사께서 오셨습니다."

유비는 매우 기뻐하며 공명을 맞으러 나가면서 장비에게 싸움터에 나가지 말고 잠시 기다리라고 명령했다.

공명은 유비의 설명을 듣고 생각 끝에 이렇게 말했다.

"두 마리의 호랑이가 서로 싸우면 반드시 한쪽은 다치게 됩니다. 계책을 세워 마초가 스스로 항복하도록 해야겠습니다."

"좋습니다!"

유비는 기뻐하며 말했다.

"마초같이 뛰어나고 용감한 사람을 보니 마음에 들긴 하지만, 어떻게 그를 항복시킬 수 있겠습니까?"

공명이 말했다.

"장로 밑에 모사 양송(楊松)이라는 사람이 있는데, 천성이 재물을 탐내는 자입니다. 만일 우리가 그에게 뇌물을 주어 구슬린다면, 그가 장로를 설득하여 마초를 싸움에서 돌아오게 만들어 그들 사이를 벌어지게 할 수 있습니다. 그런 다음, 우리가 다시 장로에게 편지를 보내 유장과 동맹을 맺지 않으면 우리가 황제께 한릉왕에 오르도록 추천하겠다고 말하는 것입니다. 그런 후, 장로가 마초에게 군사를 돌리라는 명령을 내리면 우리에게도 마초를 항복시킬 기회가 생기게 됩니다.”

유비는 좋은 계획이라 생각되어 찬성하고 곧바로 손건에게 금은 보화를 주어 양송을 찾아가게 했다. 양송은 돈을 보자 눈이 휘둥그래져서 한 번에 승낙하고 곧바로 손건을 데리고 장로를 만나러갔다. 과연 장로도 편지 내용을 믿고 사람을 보내 마초에게 즉시 병사들을 수습해서 돌아오도록 시켰다. 보냈던 병사가 돌아와 장로에게 알렸다.

“마초는 아직 세운 공이 없어 군사를 물릴 수 없다고 합니다.”

장로는 벌컥 화를 내며 다시 사람을 보냈다. 그렇지만 세 번을 보내도 마초가 군사를 물릴 생각을 않자 양송은 이 기회를 놓치지 않고 마초를 헐뜯기 시작했다.

“마초가 꾸물거리고 돌아오지 않겠다는 것은 분명히 모반을 꾀하려는 것입니다. 들자하니 이번 기회에 서천을 차지하려고 한다더니 스스로 촉왕에 오르려는 것이 아니겠습니까!”

“그게 사실이란 말인가?”

장로는 너무 놀랐다.

"그렇다면 어떻게 하면 좋겠소?"

"그가 돌아오지 않는다고 하니, 주공께서 그에게 한 달 안으로 서천을 공격하여 유장을 죽이고 형주병을 물리치라 하십시오. 또한 이 일을 해내면 상을 내릴 것이고 그렇지 못할 때에는 자신의 목을 가져오라고 하십시오."

장로는 곧 계책에 따라 명령을 내렸다. 마초는 명령을 받고 놀라지 않을 수 없었다. 자신 혼자서는 도저히 해낼 수 없는 일인 것을 알기 때문에 어쩔 수 없이 군대를 수습해 돌아왔다. 이 때 양송은 사람을 시켜 여기 저기에 마초가 갑자기 군대를 물린 데는 분명히 무슨 꿍꿍이속이 있을 것이라는 유언비어를 퍼뜨렸다.

이렇게 해서 마초가 관문에 도착했을 때 관을 지키고 있던 대장 장위(張衛)는 군사를 일곱 길로 나눠 관문을 굳게 지키고 마초를 지나가지 못하게 했다. 마초는 나가지도 물러서지도 못하게 되자 어찌할 바를 몰랐다.

이때쯤 유장의 막료 이회가 유비에게 항복해왔다. 이회가 말했다.

"듣자니 마초가 지금 궁지에 빠져있다고 합니다. 저와 마초는 옛 친구 사이였으니 주공께서 허락만 하신다면 제가 가서 그에게 항복하도록 설득해보겠습니다."

유비와 공명은 상의 끝에 그렇게 하는 것이 좋을 것 같아 그를 보내기로 했다.

한편, 마초가 한참 고민하고 있을 때 갑자기 유비의 밑에 있는 이회가 찾아왔다. 그가 온 이유를 이미 알고 있는 마초는 손에 칼을 들고 무섭게 소리쳤다.

"너는 무슨 말을 하려고 나를 찾아왔느냐?"

"특별히 장군께 잘못된 것을 버리고 옳은 것을 따르시라는 말씀을 드리려고 왔습니다."

마초가 냉정하게 말했다.

"마침 방금 내가 칼을 갈았는데, 시험 대상이 되어 보고 싶은 게로구나?"

이회는 이 말을 듣고 '하하하' 크게 웃으며 말했다.

"장군은 이미 큰 어려움에 처하셨으니, 이렇게 잘 갈린 예리한 칼은 저의 머리에 시험해 볼 것이 아니라 장군 자신에게 시험해 보셔야 하겠습니다."

마초는 놀라 얼굴색이 변하며 불쾌한 기분으로 물었다.

"내가 무슨 큰 어려움에 처했단 말이냐?"

이회는 아무렇지도 않은 듯 말했다.

"장군은 유장에게 도움을 바랄 수도 없고, 형주 또한 공격할 수 없습니다. 또 양송이 장로 앞에서 장군을 헐뜯고 있어 장로도 장군을 믿지 않고 있으니 그를 만나 사실을 말한다 해도 아무런 소용이 없지요. 게다가 조조와는 부모를 죽인 원수 사이입니다. 장군께서 갈 수 있는 곳이 있는지 한 번 생각해 보십시오. 아마 몸둘 곳이 없을 것입니다."

마초는 이회의 이런 말에 정수리를 한 대 얻어 맞은 것 같았다. 마음이 어두워진 마초는 냉정하게 한참을 생각하다 묵묵히 손에 든 보검을 거둬 들이며 실망스러운 목소리로 말했다.

"자네의 말이 맞네. 나는 정말 갈 곳이 없네. 아, 이제 어떻게 하면 좋단 말인가?"

"유황숙이야말로 당대의 영웅이시고 또한 예의로서 인재를 대하시는 분입니다. 제가 보기에 장군은 분명히 큰 일을 하실 분이시니 유장을 떠나 유황숙께 항복하시는 것이 좋을 것입니다. 춘부장(다른 사람의 아버지를 높여 부르는 말)께선 일찍이 유황숙과 같이 역적 조조를 없애려 하셨지만 운이 좋지 못해 조조에게 당하셨습니다. 장군께서 만약 잘못된 것을 버리고 옳은 것을 택하신다면 돌아가신 아버님의 원수를 갚는 일일 뿐만 아니라 훗날에 길이 이름을 남길 수 있을 것입니다. 이것이 바로 일거양득(一擧兩得 : 한 가지의 일로써 두 가지의 이익을 얻음)이 아니겠습니까?”

마초는 말을 다 듣고 난 후 어두웠던 마음이 밝아졌다. 그 날로 병사들

을 이끌고 이회와 같이 유비를 만나러갔다.

유비는 마초가 항복하러 왔다는 소리를 듣고 기쁨을 감추지 못하고 직접 성 밖으로 나가 맞아들였다. 뿐만 아니라 온갖 예를 다해 그를 대접했다. 마초도 매우 감동 받아 연신 몸을 굽혀 절하며 말했다.

"오늘에서야 밝은 주인을 만나게 되었으니, 정말 몇 대에 걸친 영광입니다!"

며칠 지난 후 유비는 성도를 공격할 준비를 했다. 마초는 속으로 이제 막 항복해 왔으니 마땅히 자신의 능력을 보여줘야 할 때라고 생각했다. 그래서 자진해서 나섰다.

"제가 직접 유장에게 항복하도록 설득해 보겠습니다. 만약 일이 잘되면 싸울 필요가 없을 것입니다. 그렇지만 일이 잘 안되어도 주공께선 군사를 일으키실 필요는 없습니다. 제가 동생 마대(馬岱)와 같이 성도를 얻은 후, 그것을 제 동생이 바치는 선물로 가져오겠습니다."

유비는 이 말을 듣자 기쁨을 감추지 못하고 고마워했다.

"그러면 장군께서 수고해주시오."

유장은 마초가 군대를 이끌고 온다는 소식을 듣고 자신을 구하기 위해 온 것으로 알고, 기뻐서 성 위에 등을 밝히고 내려다보았다. 잠시 후, 마초와 그 뒤를 따르는 마대, 이렇게 두 명만이 보였다. 유장이 막 입을 열어 물어보려 하는데 마초가 먼저 큰 소리로 외쳤다.

“내가 오늘 온 것은 네가 유황숙에게 성을 바치고 항복하게 하기 위해서이다.”

“무엇이라고?” 유장은 너무 놀라 급히 물었다.

“이런……, 이게 어떻게 된 일이냐?”

“나는 원래 장로의 명령을 받아 익주의 어려움을 해결하려고 했는데

장로는 밝지 못한 사람이라 양송의 헐뜯는 소리만 듣고 오히려 내가 모반을 꾀한다고 나를 죽이려고 했다. 그래서 나는 유황숙께 이미 항복을 하였다. 너도 지금의 상황을 이해한다면 빨리 나와서 항복을 하도록 하여라. 그렇지 않으면 내가 직접 성을 공격해서 빼앗을 것이다. 그때 가서 후회해도 소용없다."

유장은 화가 나고 마음이 초조해져서 주위에 있는 부하들을 바라보았다. 모두 흐느껴 울면서 말했다.

"모두 저희들이 어리석어 상황이 이렇게 되었습니다. 일이 이렇게 되었으니 항복하시는 것이 좋을 것 같습니다."

장수들은 서로 쳐다보고만 있을 뿐 어떻게 해야할 지를 몰랐다. 그 중 동화(董和)만이 당당하게 말했다.

"성안에는 아직 정예부대가 이만에 이르고 군량과 돈도 일년은 거뜬히 견딜 수 있는데, 왜 쉽게 항복하려고만 한단 말입니까? 죽기로 싸워봐야 합니다."

유장이 울먹이며 말했다.

"내가 서천을 다스리는 동안 공이라고 하나도 세운 것이 없는 반면, 오랫동안 싸움이 끊이지 않아 집은 부서지고 사람들이 죽거나 떠돌아다니고 있소. 내가 어찌 모질게 백성들을 계속 고생만 시킨단 말이요?"

사람들도 이 말을 듣고 눈물을 참지 못했다.

다음날 유비는 막료 간옹을 유장에게 보내 항복만 한다면 어떠한 피해도 주지 않겠다고 다시 한 번 약속했다. 유장은 한참을 망설이다가 결국 고개를 끄덕였다. 직접 인수와 문서를 지니고 간옹을 따라 유비를 만나러 갔다.

유비는 유장이 온다는 소식을 듣고 곧바로 장막을 나와 맞았다. 유비는 그의 손을 꼭 잡고 흥분해서 눈물을 흘리며 말했다.

"제가 인의가 없어서가 아니라 지금 상황이 급하여 오늘 이런 방법을 쓴 것입니다!"

유장은 눈물을 머금고 고개를 끄덕이며 직접 인수와 문서를 건네 주었다. 유비는 공손하게 그것을 받아 들고 말했다.

"이미 일이 이렇게 되었으니 현덕은 성을 열심히 잘 지켜 절대 어떠한 실수도 없게 하겠습니다."

말을 마치자 유장의 손을 끌어 말에 태운 후 같이 성도로 들어갔다. 지나는 길에 백성들이 횃불을 들고 열렬히 환영했다.

이렇게 해서 서천의 사십여 군, 현이 모두 유비의 손에 들어왔다. 유비는 창고 문을 열어 어려운 백성들을 돌보고 행정업무를 정돈하여 백성들을 안정시켰다. 다른 한편으로는 군사들을 훈련시키고 말을 돌보며 여물과 식량을 모으니 세력은 날로 커져 위와 오에 맞서기에 충분해졌다. 이렇게 해서 삼국이 정립되었다.

❋ 장로(張魯)
패국 봉 사람, 오두미도(후한의 장도릉이 사천 지방에서 일으킨 도교의 일파)의 장도릉의 손자이다. '오두미도'는 부적과 주술로 사람들의 병을 고쳐주는 종교단체인데 환자들이 보답으로 쌀 닷 말을 낸다고 해서 붙여진 이름이다. 장로는 선대를 계승하여 많은 민중들을 이끌며 중요한 위치에 있는 사람이었다. 그래서 조정도 감히 무시할 수 없었기 때문에 그를 한령태수로 임명했다.
위진 이후 장릉을 '천사'라고 높여 불러 오두미도는 '선사도'라고 불리게 되었다. 천사의 이름과 지위는 후대까지 널리 알려져 '장천사'라고 불렸으며 점점 주술로 요괴를 잡는 술사가 되었다.

45

조조, 군사를 이끌고
서천 지방으로 들어오다

손권은 유비가 서천을 차지해 버렸다는 소식을 듣고 공명의 형인 제갈 근의 가족들을 인질로 삼은 후, 제갈근을 보내 형주를 돌려달라고 말했 다. 공명은 가족들 생각에 유비에게 울며 부탁했다. 유비도 어찌할 방법 이 없어 형주의 반을 주기로 약속했다. 그러나 뜻밖에 관우가 '장군은 밖 에 나오면 주군의 명령도 받지 않는다' 는 이유로 절대 형주를 줄 수 없다 고 고집을 부렸다.

손권은 화가 나서 곧바로 형주를 공격하려고 하는데 갑자기 정탐꾼이 소식을 전해왔다.

"조조가 삼십만 대군을 이끌고 우리를 공격해 오고 있습니다!"

원래 조조는 오와 촉의 힘이 커지자 마음이 편치 못했다. 그래서 하후 돈의 계책에 따라 군사를 셋으로 나눠 선봉은 동주를 공격하고 난 후,

다시 서천을 그리고 동오까지 공격할 생각이었다.

손권은 너무 놀라 형주를 공격하는 일을 잠시 미루고 모든 병력을 정리하여 조조의 공격에 대비하기로 했다.

얼마 안 되어 한중의 장로가 조조에게 항복하고 조조가 이미 동천을 차지했다는 소식을 들은 익주의 백성들은 마음이 불안해졌다. 유비도 놀라 급히 회의를 열었다.

공명이 침착하게 말했다.

"주공, 걱정마십시오. 제게 적을 물리칠 좋은 계획이 있습니다. 조조가 군사를 나눠 합비에 머무르게 한 것은 손권을 두려워하기 때문입니다. 그래서 우리는 강하, 장사, 계양 이렇게 삼군을 동오에 돌려주어 그들에게 이로운지 해로운지를 따지게 한 다음, 손권에게 합비를 공격하라고 하면 조조는 어쩔 수 없이 돌아갈 것입니다.”

유비는 곧 이적(伊籍)을 먼저 형주로 보내 관우에게 알린 다음, 동오로 가게 했다.

이적은 손권을 만나 찾아 온 이유를 말했다.

“얼마 전엔 군사께서 계시지 않아 형주의 세 군을 돌려드리지 못했습니다. 그래서 오늘 제가 특별히 이 일을 해결하기 위해 찾아왔습니다. 그리고 저의 주공께서 말씀하시기를 동오에서 합비를 공격하여 조조를 물러나게 하고 우리 주공께서는 동천을 공격하여 얻기만 하면 곧바로 형주의 나머지도 모두 드리겠다고 하셨습니다.”

손권은 한참을 생각한 후 말했다.

“선생은 우선 역관에 돌아가 계시오. 나는 좀 더 생각해 봐야겠소.”

이적이 물러나자 손권은 곧바로 모사들을 모아 놓고 상의했다.

장소가 말했다.

“유비는 조조가 서천을 공격할 것이 걱정되어 이런 계책을 세운 것입니다. 그리고 조조가 없는 틈을 타 합비를 차지하는 것은 우리에게도 좋은 일이라고 할 수 있습니다.”

손권도 장소의 말이 옳다고 여겨 유비의 요구를 들어주기로 했다. 노숙을 보내 장사 등 세 군을 돌려 받게 하고 동시에 여몽과 감녕을 불러들여 강을 건너 합비를 공격하게 했다.

며칠 지나지 않아 손권의 대군은 곧 번성을 차지하고 합비로 쳐들어갔다. 합비를 지키고 있던 장료는 싸움에 뛰어나고 용맹한 사람이었지만, 갑자기 공격해오는 오군을 합비의 적은 병력으로는 오래 버티지 못할 것이라고 판단하여 밤을 틈타 조조에게 사람을 보냈다.

조조는 한참 생각 끝에 우선 합비로 돌아가 도운 후에 다시 서천을 공격하기로 했다. 이렇게 해서 하후연과 장합을 남겨 동천을 지키게 하고 자신은 직접 사십만 대군을 이끌고 합비로 출발했다.

이렇게 하여 손권과 조조는 유수에서 한 달 정도 서로 맞섰다.

장소가 손권에게 말했다.

"조조의 세력은 너무 커서 쉽게 이길 수 없습니다. 싸움을 오래 끌수록 우리에게는 이롭지 못하니 사람을 보내 잠시 화해하고 나중에 다시 싸우자고 하는 것이 좋을 것 같습니다."

손권도 원래 싸움을 빨리 끝낼 생각이었기 때문에 조조에게 사람을 보냈다.

조조도 장강의 지세가 험하여 단기간의 싸움에서 이기기 어려울 것 같아 화해를 하고 잠시 싸움을 멈추기로 했다.

이렇게 해서 손권은 대장 두 명을 유수에 남겨 지키게 하고 자신은 대군을 이끌고 말릉으로 돌아갔다. 조조도 곧바로 군사들을 수습하여 돌아가는 길에 조인과 장료를 남겨 합비를 지키게 했다.

조조가 허창으로 돌아오자 문무백관들이 줄지어 마중을 나와 그를 위왕으로 받들자는 의견을 내 놓았다.

건안 27년 여름, 조정의 벼슬아치들은 헌제에게 조조를 위왕으로 봉해 달라는 표문을 올렸다.

조조는 위왕에 봉해진 후, 더욱 헌제를 무시하고 보란 듯 천자의 가마를 타고 궁에 드나들며 무엇이든지 자기 마음대로 하였다. 벼슬아치들은 감히 어떠한 말도 하지 못하였고 심지어 헌제도 화는 나지만 속으로 삭일 뿐 감히 밖으로 드러낼 수 없었다.

한편, 유비는 조조가 한중을 떠난 것을 보고 이 기회를 놓치지 않고 동천을 공격했다. 조조는 이 소식을 듣고 조홍에게 오만 군사를 주어 동천으로 보냈다. 유비는 노장 황충을 보내어 맞서게 했다. 과연 황충의 칼 솜씨는 녹슬지 않았다. 장합을 크게 이기고 빠르게 천탕산까지 쳐들어갔다.

하우연이 있는 정군산으로 장합이 도망쳐 오자 하후연은 급히 조홍에게 이 소식을 알렸다. 그러자 조홍은 급히 허창으로 돌아가 조조에게 이 사실을 알렸다. 이 소식을 들은 조조는 너무 놀랐다. 그래서 직접 사십만 대군을 이끌고 남정에 이르렀다.

이때, 황충은 이미 정군산 아래까지 쳐들어가 두 군은 한바탕 싸움을 벌였다. 하후연이 황충의 한칼에 죽어 말 아래로 떨어지자 조조의 군사들은 혼란에 빠져 수없이 죽어갔다.

그 후 조조군과 촉군은 여러 번 싸웠는데, 조조군은 매번 싸움에 져서 밀리는 반면 촉군은 점점 앞으로 나가기 시작했다. 조조가 군사를 물리려고 생각하고 있는데 갑자기 둘째 아들 조창(曹彰)이 군사를 이끌고 도우

러 왔다. 그리하여 조
조는 다시 싸우기로
결심했다.

두 군이 야곡 계곡
입구에서 맞붙어 한
참 싸우고 있을 때,
촉의 장군 마초가 뒤
에서 조조군의 진영
을 공격했다. 조조는
급하게 군사를 돌려
도우러 왔다가 운 나
쁘게 화살에 맞아 상
처를 입고 한중도 포
기한 채 돌아가는 수
밖에 없었다.

유비는 큰 승리를
거두어 여러 장수들
에게 상을 내렸다.
사람들은 모두 기뻐

하며 유비를 황제로 받들자고 소리 높여 말했다.

공명이 말했다.

"지금 조조가 권력을 휘두르고 있어 백성들에겐 군주가 없는 상태입니다. 주공께선 인의로 백성들의 마음을 얻으셨고 또한 이미 형주, 양주, 동천과 서천을 다스리게 되셨으니 마땅히 하늘의 뜻에 따라 황제에 오르셔야 합니다. 그런 후에 역적 조조를 없애는 것이 이치에 맞습니다."

유비는 받아들일 수 없다고 하였지만 모두들 다시 한번 청하

였다. 그래서 유비는 우선 한중왕에 오를 것을 승낙했다.

건안 24년 가을, 유비는 황제에게 표문을 올린 후, 정식으로 작위을 인정받았다. 유비는 한중왕에 오르고 유선을 세자로 삼았으며, 공명을 군사로 봉해 모든 군사 일을 맡게 했다. 또한 관우, 장비, 조운, 마초와 황충을 오호대장으로 삼았다.

조조는 이 소식을 듣고 화를 참지 못하여 또 다시 모든 병력을 모아 유비를 공격하려고 했다. 그러나 사마의(司馬懿)가 급히 말렸다.

"손권과 유비는 사이가 좋지 않습니다. 사람들을 시켜 손권이 형주를 공격한다는 소문을 퍼뜨리면 유비는 반드시 군사를 이끌고 싸우러 갈 것입니다. 대왕께선 그 기회를 틈 타 장군들을 보내 한중을 공격하면 유비는 중간이 끊겨 서로 도울 수 없게 되니 한중을 쉽게 얻을 수 있게 됩니다."

조조는 매우 만족스러워 곧바로 만총(滿寵)을 특사로 뽑아 강동으로

작은 자료실

❀ 합비
안휘성의 성도, 육안현 동쪽에서 회수, 비수와 접해 있는 남북 교통의 중심지이다.

❀ 유수
유수는 안휘 소호에서 시작되어 장강으로 흐르기 때문에 손권은 강 입구에 오거수를 세워 조위를 방어했다.

❀ 정군산
섬서성 동남쪽에 있는 산 이름이다. 제갈량이 죽은 후 이곳에서 장사지냈다.

보냈다.

손권은 유비가 스스로 한중왕에 오른 후 형주를 돌려 줄 생각을 하지 않아 걱정하고 있을 때, 마침 조조가 보낸 만총이 찾아왔다. 그래서 장군들을 모아놓고 상의했다.

고옹이 말했다.

"조조의 말을 완전히 믿을 순 없지만 지금 상황을 봐선 조조와 손을 잡는 게 우리에게 이익이 될 것입니다. 조조가 한천을, 우리가 형주를 동시에 공격하여 유비를 없앤다면 형주는 다시 우리에게 돌아오게 될 것입니다."

"그리고 다른 한편으로는 먼저 관우에게 사람을 보내 관우의 태도를 알아보는 것이 좋겠습니다."

이때 제갈근이 의견을 내놓았다.

"들자하니 관우에게 딸이 하나 있는데 아직 결혼을 하지 않았다고 합니다. 우리 세자와 혼인시키는 것이 어떻겠습니까? 만약 관우가 이 혼사를 받아들인다면 우리는 그와 상의하여 같이 조조를 공격하면 됩니다. 그렇지 않고 만약 받아들이지 않는다면 그때 가서 조조와 손잡아도 늦지는 않을 것입니다."

손권도 생각해보니 동오와 유비 사이는 그다지 나쁘지 않고 그에게 죄를 물을 것도 없었다. 그러나 조조는 교활하고 속임수가 많아 그 속을 알

기 어려운 사람이라서 그와 손을 잡으면 손해를 보기가 쉬웠다. 이렇게 해서 제갈근을 보내 관우에게 혼사 이야기를 하기로 했다.

그러나 뜻밖에도 예전부터 손권을 무시하던 관우는 혼인에 대해서는 생각하려고도 하지 않고 한마디로 거절해버렸다.

"흥! 내 귀한 딸을 감히 누구에게 시집보내라는 말이오. 두 번 다시 그런 말을 꺼내면 내가 그땐 가만두지 않겠소."

제갈근은 더 이상 할 말이 없어져서 그냥 돌아와 관우가 한 말들을 전

했다.

손권은 이 말을 듣고 벌컥 화를 내며 말했다.

"관우, 너무 사람을 우습게 보는구나!"

이렇게 하여 조조와 손을 잡고 유비를 공격하기로 했다.

조조는 이 소식을 듣고 매우 기분이 좋아 곧바로 군사를 일으킬 준비

를 했다.

46

관우, 용감하게 적을 물리치다

조조와 손권의 연합군은 육지와 물로 나뉘어 형주를 공격해 왔다. 동천을 지키고 있던 위연은 이 소식을 듣고 급히 사람을 보내 유비에게 알렸다.

공명이 말했다.

"주공께서 관우에게 먼저 군사를 일으켜 번성을 공격하게 하시면 적군은 싸워 보기도 전에 겁을 먹고 감히 형주를 침범하지 못할 것입니다."

이렇게 해서 유비는 사마비시(司馬費詩)에게 편지를 주어 형주의 관우에게 보내 그가 선봉이 되어 번성, 양양을 공격하여 조조군을 무찌르도록 했다.

관우는 명령을 받고 곧바로 부사인(傅士人)과 미방을 선봉으로 하여 먼저 한 무리의 군사를 이끌고 성밖에 나가 머물며 명령을 기다리게 했다.

그런데 그 날 저녁 이경 쯤에 부사인과 미방이 술에 취해 실수로 불을 내는 바람에 무기와 군량이 모두 타버렸다. 관우는 화가 머리끝까지 나서 두 사람의 목을 베려고 했지만 비시가 말려 그들은 겨우 목숨을 건졌다. 그렇지만 관우는 두 사람에게 각각 곤장 마흔 대를 벌로 내린 후, 선봉으로 삼았던 것을 취소하고 남군과 공안으로 가서 그곳을 지키게 했다.

이렇게 해서 관우는 요화(寥化)를 선봉으로 하고 관평을 부장으로 하여 번준에 남아 형주를 지키게 하고 자신이 직접 대군을 이끌고 양양으로 향했다.

관우가 대군을 이끌고 양양성에 도착했을 때, 만총은 조인에게 성문을 굳게 닫고 함부로 나가지 말라고 했다. 그러나 조인은 만총의 충고를 듣지 않은 채, 적을 너무 우습게 보고 출전을 감행했다. 결국 조인은 군사를 이끌고 싸우러 나갔지만 크게 질 수 밖에 없었다. 그는 양양성을 버리고 패잔병들과 번성으로 후퇴했다.

양양을 얻은 관우는 다시 배를 타고 강을 건너 번성 공격을 준비했다. 조인은 너무 놀라 급히 조조에게 소식을 전했다. 조조는 조인의 급한 편지를 받고 얼굴색이 심각하게 변했다.

한참 생각 끝에 우금에게 군사를 주어 조인을 돕게 했다. 그리고 사람들에게 물었다.

"누가 선봉에 서겠느냐?"

"제가 하겠습니다!"

한 사람이 몸을 일으켜 세우며 말했다.

"제가 선봉을 맡겠습니다. 관우를 잡아와 주공께 바치겠습니다."

조조가 보니 동천에서 항복해 온 장수 방덕(龐德)이었다. 조조는 매우
만족스러워 흔쾌히 허락했다.

南
安
龐

"안됩니다! 대왕."

우금이 반대했다.

"방덕은 원래 마초의 부하였고 그의 형 방유는 아직 유비의 부하로 있습니다. 더욱이 그들은 아직 서천 땅에 머무르고 있습니다. 만일 방덕이 싸우다가 항복해 버리면 일을 그르칠 수 있습니다!"

조조는 멍하니 속으로 생각했다.

'내가 이런 관계를 잊고 있었구나.'

그러자 방덕이 눈물을 흘리며 무릎 꿇고 머리를 조아려 자신의 충심을 증명했다.

조조는 방덕의 충심에 감동을 받아 끝내 그를 선봉으로 보낼 것을 결정했다.

방덕은 자신의 결심을 나타내기 위해 밤새 관을 만들었다. 집안 사람들에게 뒷일을 부탁한 후 부장들에게 말했다.

"만약 내가 이번에 관우와 죽기로 싸워 불행히도 관우에게 목숨을 잃는다면 이 관에 나의 시체를 넣어 돌아올 것이고, 내가 관우를 죽인다면 그의 목을 베어 이 관에 넣고 돌아와 주공께 바칠 것이다."

그러자 부장들이 말했다.

"장군의 이같은 충심을 저희들도 온 힘을 다해 따르겠습니다."

이렇게 해서 방덕은 관을 가지고 번성으로 출발해 관우와의 혈전을 준비했다.

관우는 정탐꾼으로부터 자세한 소식을 듣고 화가 나서 말했다.

"방덕이 천하의 영웅인 나를 존경하기는 커녕 힘으로 안 될 것 같으니 싸움터로 관까지 들고 와 나를 욕보이며 싸워보겠다는 것이구나! 이렇게 나를 업신여기는 것을 보니 정말 하늘 높고 땅 넓은 줄 모르는 녀석이다!"

이렇게 말하면서 직접 싸움터에 나가려고 하자 관평이 말리고 나섰다.

"아버님같이 높으신 분이 어찌 방덕같은 이를 상대하시려고 하십니까? 제가 나가도 쉽게 이길 수 있습니다."

이렇게 해서 관평이 창을 휘두르며 군사를 이끌고 앞으로 나아갔다. 한편 방덕은 겨우 정예부대 오백여 명만을 데리고 나타나서 큰 소리로 싸움을 걸어왔다. 관평은 말을 박차고 달려가 삼십여 합을 싸웠지만 승패가 나지 않자 돌아와서 잠시 쉬었다.

관평이 돌아와서 싸움 결과를 알리자 관우는 화를 내며 직접 방덕과 싸우러 나갔다. 방덕은 관우가 나오는 것을 보고 곧바로 소리쳤다.

"나는 위왕의 명령을 받고 특별히 너의 목을 가지러 왔다!"

관우가 큰소리로 외쳤다.

"나의 이 청룡보검으로 쥐새끼 같은 너의 목을 베야 한다니 정말 아깝구나!"

두 사람은 서로 밀고 밀리며 백합 정도를 싸웠지만 더욱 용맹해질 뿐

지친 기색은 조금도 없었다. 양쪽의 병사들은 멍하니 쳐다볼 수밖에 없

었다.

　우금이 이런 상황을 보고 속이 편할 리가 없었다. 그는 방덕이 혼자 공

을 세울 것이 걱정되어 징을 울려 병사들을 불러들였다. 관평도 나이 많

은 관우가 힘들어 할 것 같아 따라서 북을 울렸다.

방덕은 돌아와 긴 한숨을 내쉬고 감탄하면서 말했다.

"많은 사람들이 관우에게는 맞설 사람이 없다고 하더니 싸워보니 오늘에서야 그 말을 믿을 수 있을 것 같다."

말이 막 끝나자 우금이 들어왔다. 그는 방덕을 보고 말했다.

"오늘 장군과 관우가 백여 합을 싸웠지만 둘 다 이기지 못했습니다. 제 생각엔 그와 정면으로 싸울 것이 아니라 군사를 물려 피하는 것이 좋을 것 같습니다."

방덕은 이 말을 듣고 화가 나서 얼굴이 새빨개지며 반박했다.

"주공께서 장군께 중요한 임무를 맡기셨습니다. 대장이 되셔서 어찌 이렇게 약한 모습을 보이신단 말입니까? 저는 내일 다시 나가 관우와 죽기로 싸울 것입니다. 저에겐 후퇴란 절대로 있을 수 없습니다."

우금은 더 이상 다른 어떠한 말도 할 수 없게 되어 마음이 좋지 않았다.

한편 관우도 돌아와 사람들에게 말했다.

"방덕은 정말 대단하구나. 그렇게 허풍을 떤 이유가 있었군. 이번에 제대로 된 내 적수를 만났다."

관평은 나이 많은 관우가 혹시 실수나 하지 않을까 걱정되어 방덕과 다시 싸우지 말라고 했지만 관우는 어떤 말을 해도 듣지 않고 직접 나가야 한다고 고집을 부렸다.

47

관우, 방덕의 화살에 맞다

다음 날 방덕이 다시 찾아와 싸움을 걸었다. 관우도 곧바로 갑옷을 걸치고 말에 뛰어올라 싸우러 나갔다. 관평은 한 쪽에서 싸움을 지켜보면서 두 사람이 온몸을 던져 싸워도 쉽게 승패가 나지 않자 너무 걱정이 되었다.

약 오십 합 정도 싸우다가 방덕이 갑자기 관우의 큰 칼을 막고선 말머리를 돌려 칼을 끌면서 달아났다. 관우는 순간 당황했지만 곧바로 뒤쫓기 시작했다. 관평이 그것을 보고 혹시 실수가 있지 않을까 해서 말을 박차고 쫓아갔다.

방덕은 한참을 달리다가 갑자기 말머리를 돌렸다. 알고 보니 그는 이미 칼을 안장에 걸고 몰래 활을 꺼내 들고 몸을 돌려 '쉬-웅' 하는 소리와 함께 예리한 화살을 날렸다.

눈치 빠른 관평은 방덕이 활시위를 당기는 것을 보고 소리쳤다.

"방덕은 활질을 멈추어라."

그러나 이미 때는 늦었다. 관우가 막 방덕을 뒤쫓다가 갑자기 들려오
는 관평의 소리를 듣고 고개를 들었을 때는 이미 화살이 관우의 가슴 쪽
으로 날아오고 있었다.

관우는 급히 몸을 피했지만 화살은 그의 오른쪽 어깨를 꿰뚫어 하마터
면 말에서 굴러 떨어질 뻔했다. 관우는 급히 말머리를 진채로 돌렸다.

그리고 때마침 관평이 달려와 그를 도왔다.

방덕이 그냥 놓아 보낼 리가 없었다. 발로 말의 겨드랑이를 한 번 힘껏 차더니 큰 칼을 휘두르며 달려왔다. 관평은 방덕과 싸우려하지 않고 아버지만 보호하고 나는 듯이 달려 진채로 돌아왔다.

방덕이 죽을힘을 다해 뒤쫓아 거의 눈앞까지 따라왔을 때, 뒤에 있던 위군 쪽에서 징소리가 크게 울렸다. 병사들을 불러들이는 신호였다.

생각 해보기

❋ 방덕은 우금과 같이 적을 없애야 할 임무를 띠고 있었다. 그러나 우금은 방덕이 혼자 공을 세울 것을 걱정하여 일부러 방덕과 힘을 합치지 않아 결국 크게 패하고 말았다. 간혹 우리는 다른 사람을 시기해서 단체의 목표(임무)와 반대되는 행동을 하게 된다. 그래서 결국 단체의 화합을 해치게 된다. 이는 자신 또한 어떠한 이익도 얻지 못하게 되는 매우 지혜롭지 못한 행동이다.

방덕은 승리를 눈앞에 두고 멈추고 싶지 않았지만 혹시 진채에 무슨 일이 생긴 것은 아닌지 걱정되어 말을 돌려 급하게 진채로 돌아왔다. 그제야 관평은 한숨을 돌릴 수 있었다.

방덕이 돌아왔을 때 진채는 평소와 같이 아무 일도 없었다. 방덕은 곧바로 우금에게 가서 물었다.

"장군, 왜 돌아오라는 징을 울리셨습니까? 막 관우의 목을 베려는 순간이었는데!"

우금이 손을 흔들며 슬그머니 그냥 넘어가려고 했다.

"주공께서 장군께 적을 너무 쉽게 보지 말라고 하지 않으셨습니까? 혹시 장군이 속임수에 빠지지 않을까 걱정되어 제가 급히 징을 울렸습니다."

"뭐라고요? 장군은 제 화살이 관우를 맞춘 것을 보지 않았습니까?"

방덕은 화가 나서 펄쩍 뛰며 말했다.

"이럴 수가, 이렇게 좋은 기회를 그냥 허무하게 놓쳐 버리다니!"

방덕 혼자서 공을 세울까봐 우금이 일부러 이런 행동을 했다는 것을 방덕은 알 리가 없었다.

다음날 아침 방덕이 다시 싸움을 걸어왔다. 관평은 장수들에게 문을 꼭 닫고 절대로 관우가 알지 못하게 했다. 방덕은 자신이 며칠 동안 싸움을 걸어도 한군이 좀처럼 나오려하지 않자 우금에게 말했다.

"관우는 지금 상처를 치료하고 있어 싸우지 못하는 것 같습니다. 이 기회에 우리가 공격해 들어가면 번성의 어려움도 해결할 수 있을 것입니다."

우금은 또 방덕이 공을 세울까봐 여러 이유를 대면서 계속 싸움을 미루었다.

방덕은 그저 계속 한숨을 내쉴 수 밖에 없었다.

　그러다가, 우금은 대군을 이끌고 번성의 북쪽 십여 리 떨어진 곳으로
군사를 돌렸다. 그곳에 진채를 차리고 방덕에게는 계곡 뒤쪽을 지키게
하고 자신은 직접 큰 길을 지키고 앉았다.

　"제가 선봉인데 어찌 뒤쪽을 맡으라고 하십니까? 그러면 누가 선봉에
선단 말입니까?"

　방덕은 놀랍고 의아해서 반대하고 나섰다.

　"도대체 누가 주장이란 말이오."

우금이 차가운 얼굴로 방덕을 보며 말했다.

"군명은 산과 같은 것이오, 누구든 따르지 않으면 목을 벨 것이오!"

방덕은 명령에 따르는 수밖에 없어 화를 참고 계곡 뒤쪽으로 갔다.

관우는 우금이 진지를 옮겼다는 소식을 듣고 산으로 올라가 살폈다. 번성에는 여기저기 어지럽게 깃발이 흔들리고 있을 뿐 경계가 허술하고 뒤죽박죽이었다. 다시 성의 북쪽 십여 리 떨어진 계곡을 보니 위군의 장막들로

빽빽했다. 그리고 근처에 물살이 빠른 양강이 보였다.

관우는 길잡이에게 물었다.

"저 계곡의 이름이 무엇이오?"

"증구천이라고 합니다."

길잡이가 내려다보며 대답했다.

관우는 이름을 듣자 '하하하' 크게 웃으며 말했다.

"물고기가 그물에 들어갔다. 이제 우금은 나에게서 빠져나가지 못할
것이다!"

사람들은 서로 얼굴만 쳐다볼 뿐 관우의 말이 무슨 뜻인지 알 수 없었
다. 관우도 더 이상 설명해 주지 않고 웃으며 돌아왔다. 그의 마음속엔
이미 적을 없앨 계획이 세워졌다.

이때가 8월, 며칠 동안 비가 멈추지 않고 내려 모두들 귀찮아 견딜 수
없었지만, 관우만이 입가에 웃음을 띠고 있었다. 마치 비가 많이 내리면
내릴수록 기분이 좋아지는 것 같아 보였다.

어느 날 관우는 갑자기 병사들에게 배와 수전에 쓸 물건들을 준비하게
했다. 관평은 답답해서 물었다.

"우리는 물을 이용해서 싸울 것도 아니고 바다에 접해 있는 것도 아닌
데 이런 물건들이 왜 필요합니까?"

관우가 웃으며 말했다.

“우금은 군대를 모두 증구천에 모아 두었다. 지금 며칠째 비가 내리고 있으니 반드시 양강이 불어났을 것이다. 나는 이미 사람을 시켜 각지의 물길을 막아두었다. 강물이 불어나기를 기다렸다가 물길을 열어 한꺼번에 흘려보내면 골짜기가 잠길 것이다. 그때 우리가 배를 타고 내려가 공격하면 아마 위군을 크게 물리칠 수 있을 것이다.”

관평은 설명을 듣고 고개를 끄덕이며 아버지의 지모에 감탄하지 않을 수 없었다.

비가 점점 많이 내리자 우금의 부하 장수 성하(成何)가 우금을 일깨웠다.

“우리 대군은 개천가의 골짜기에 머무르고 있어 지형이 너무 낮습니다. 요즘 가을비가 그치지 않으니 물이 넘치지나 않을까 걱정됩니다. 그리고 사람을 시켜 알아보았는데 관우가 진채를 높은 곳으로 옮기고 한수 입구에 배와 뗏목을 준비하고 있다는데 무슨 계책을 세우는지 통 모르겠습니다. 장군, 미리 대비책을 세워두시는 것이 좋겠습니다.”

그러나 우금은 귀담아 듣지 않고 오히려 성하에게 군심을 어지럽힌다고 한바탕 욕을 퍼부었다. 성하는 그래도 걱정이 되어 이번에는 방덕을 찾아갔다. 방덕은 이 말을 듣고 상황이 심각하다는 것을 깨닫고 급히 우금을 찾아가 진채를 옮기자고 했다.

방덕은 애가 타서 말했다.

“만일 관우가 물길을 막고 있다가 갑자기 열어 강물이 우리를 덮치면

그땐 어떻게 하시렵니까?”

　우금은 귀찮다는 듯 대답했다.

　“괜히 쓸데없는 걱정은 하시 마시오. 강물이 우리군은 덮치고 관우군은 안 덮친단 말입니까?”

　방덕이 아무리 얘기해도 우금이 진채를 옮기려고 하지 않자 한참 생각 끝에 내일 날이 밝으면 자신의 진지라도 높은 곳으로 옮기기로 결심했다.

<h1 align="center" style="color:red">48</h1>

맹렬한 물길에 잠긴 우금의 군사들

그날 저녁 방덕은 장막 안에서 내일 진채를 옮길 일을 준비하고 있는데 갑자기 온 땅을 울리는 듯한 큰 소리가 들려왔다. 방덕은 너무 놀라 급하게 밖으로 나와 살펴 보았다.

"세상에!"

강물이 사방팔방에서 쏟아져 들어왔다. 방덕은 몸이 굳어버려 바보처럼 서 있었다.

"빨리 도망쳐야 합니다. 엄청난 물이 흘러 넘치고 있습니다."

사람들은 너무 놀라 허둥대며 어쩔 줄을 모르고 사방으로 도망쳤다. 이렇게 어지러운 상황에서도 방덕은 급히 말에 올라타 방죽으로 뛰어 올라갔다. 우금도 여러 장수들을 이끌고 겨우 높은 곳으로 올라갔다. 사람들은 얼이 빠져 우두커니 쳐다만 보고 있었다. 수많은 병사들이 물에 빠져 허우적대면서 구해달라고 울부짖었다. 진채는 물에 잠겨 그림자도 남지 않고 계곡은 큰 도랑이 되었다.

갑자기 멀리서 하늘을 찌를 듯한 싸움을 알리는 북소리가 들려왔다.
관우의 대군이 기를 흔들고 북을 치며 배를 타고 힘차게 다가오고 있는
것이 보였다.

우금은 너무 놀라 손발에 힘이 빠지고 얼굴색이 창백해져 죽어라 도망
을 쳤다. 그러나 곧 형주병에게 쫓겨 병사들에게 둘러싸이고 말았다. 우

금은 더 이상 도망칠 곳이 없다는 것을 알고 무릎을 꿇고 용서를 빌었다.

그러나 방덕은 기세 좋게 다가오는 관우를 보고도 전혀 두려워하지 않고 오히려 큰소리를 쳤다.

"병사가 한 명밖에 남지 않았다 해도 나는 절대 항복하지 않겠다!"

그는 이렇게 말하며 말을 박차고 혼자서 적진에 뛰어들었다. 죽을 각오를 하고 싸우는 방덕은 싸우면 싸울수록 힘이 났다. 아침 무렵에 시작한 싸움이 정오까지 계속되었다. 관우가 병사들에게 방덕을 에워싸라고 명령하자 순식간에 화살이 비같이 쏟아졌다. 그러나 방덕은 얼굴색 하나 변하지 않고 혼자서 온 힘을 다해 싸웠다.

이때, 형주병들이 탄 십여 척의 작은 배들이 다가오자 방덕은 곧바로 배 위로 뛰어올라 형주병들을 죽이기 시작했다.

상황을 보고 있던 관우가 직접 쫓아갔지만 한 손에는 창을 다른 한 손에는 방패를 든 방덕은 적군을 뚫고 번성 쪽으로 달아났다.

관우가 화가 머리끝까지 났을 때 갑자기 큰 뗏목이 내려오고 있었다. 바로 주창이 늠름하게 뗏목 앞에 서서 방덕이 탄 작은 배를 쫓아가고 있었다. 방덕이 심상치 않다고 느껴 방향을 바꾸려는 순간 '쾅!' 하고 큰 뗏목과 부딪쳐 작은 배가 뒤집혔다.

주창은 곧바로 물 속으로 뛰어들어가 방덕을 붙잡았다. 방덕은 수영을 잘 못했기 때문에 곧 큰 배로 끌려 올라가 오랏줄에 꽁꽁 묶였다.

치열한 하루 동안의 싸움 끝에 우금의 군사들은 대부분 물에 빠져 죽었고 다행히 살아남은 위병들은 거의 항복해 왔다.

다음날, 관우는 물이 아직 빠지지 않았을 때 병사들을 배에 태우고 번성을 공격할 준비를 했다. 이때 번성 주위는 흰 파도가 하늘을 덮을 듯하고 물길이 세차게 위로 치솟아 올랐다.

지금까지 이렇게 심한 홍수를 본 적이 없었던 번성의 백성들은 얼이 빠져 어찌할 바를 몰라 그저 높은 곳으로 피할 뿐이었다. 또 세차게 몰아

친 물 공격에 성벽이 차츰 무너지려고 하자 백성들이 급히 나섰다. 남녀노소 할 것 없이 모두 비를 무릅쓰고 흙을 쌓고 벽돌을 날라 성벽을 채웠다.

그러나 비는 점점 심해지고 성벽도 더욱 심하게 무너져 손볼 곳이 한 군데가 아니었기 때문에 더 이상 성벽을 고치는 것은 무리였다.

조인은 어찌해 볼 도리가 없었다. 그래서 장수들을 불러놓고 관우가 공격하기 전에 성을 버리고 도망가자고 말했다.

"장군, 우리는 절대로 성을 버리고 도망쳐서는 안됩니다."

만총이 강력하게 반대했다.

"여러분 생각해 보십시오. 큰 물줄기가 성을 덮쳤지만, 오래가지 않아 물은 자연히 빠질 것입니다. 만약 우리가 성을 버리고 도망친다면 황하의 남쪽 일대는 모두 유비의 손에 들어가게 됩니다. 그렇게 되면 무슨 면

목으로 주공을 뵐 수 있겠습니까?"

장수들도 의견이 갖가지였다. 어떤 이는 성을 버리자고 하고 또 어떤 이는 성을 지켜야 한다고 주장했다.

"저는 우리 모두 힘을 합쳐 번성을 지켜내어 우리의 영토를 보호할 수 있길 바랍니다."

만총이 힘주어 말했다.

조인은 이리저리 생각해보고 결국 마음의 결정을 내리고 만총에게 두 손을 모아 감사하며 말했다.

"다행히 제때 저를 일깨워 주셨습니다. 하마터면 제가 큰일을 망칠 뻔했습니다."

이렇게 해서 조인은 성을 버린다는 말을 다신 하지 않았고 매일 직접 성을 돌아보면서 장수들에게 방비를 강화하라고 독촉하며 조금도 게으름

을 피우지 못하게 했다. 그리고 직접 백성들과 흙을 쌓고 벽돌을 나르며 담장을 고쳐 드디어 성을 단단하게 만들었다.

사흘 후, 홍수가 점점 수그러들자 성안의 백성들과 군사들은 기뻐하지 않을 수 없었다.

얼마 후 관우가 대군을 이끌고 성 밑에 이르자 조인은 곧바로 궁수를 시켜 관우를 향해 활을 쏘게 했다. 아무런 준비도 못했던 관우는 오른쪽 어깨에 화살을 맞고 말았다. 오른쪽 어깨에서는 곧바로 피가 콸콸 쏟아지기 시작했다. 조인은 성 위에서 보고 있다가 곧바로 병사들을 나가 싸우게 했다. 관평이 맞섰지만 조인의 상대가 되지 못했다. 또 아버지의 상처가 걱정이 되어 급하게 군사들을 물려 진영으로 돌아왔다.

장막으로 돌아와 관평은 관우의 어깨에 꽂힌 예리한 화살을 뽑았다. 순간, 화살촉에 독이 묻어 있는 것을 보았다. 관우의 오른쪽 어깨는 아주 심하게 부어 올라 이미 움직일 수 없게 되었다. 관평은 걱정이 되어 사람들을 시켜 이름난 의원을 찾게 했다.

어느 날 의원 한 사람이 관우의 상처를 치료하기 위해 찾아왔다. 관평은 그 사람이 화타라는 것을 알고 기쁨을 감추지 못하고 물었다.

"그렇다면 천하에 그 유명한 '신의(神醫)' 화타(華他) 선생이시란 말씀입니까?"

화타가 웃으며 말했다.

"과찬이십니다. 사람들이 저를 너무 치켜세운 말입니다."

관평은 곧바로 그를 모시고 관우를 만나러 갔다. 이때 관우는 어깨가 아파서 다른 일을 할 수 없었기 때문에 부장 마량과 바둑을 두고 있었다. 화타는 상처를 살펴본 후 말했다.

"화살의 독이 이미 뼈 속까지 스며들었습니다. 반드시 살을 째어 뼛속에 든 독을 긁어낸 후 약을 쓰지 않으면 이 팔은 쓸 수 없게 됩니다. 그리고 이런 치료법은 심장과 폐가 매우 아플 것입니다. 혹시……."

"나는 죽음도 무섭지 않은 사람인데, 그까짓 아픔을 두려워하겠습니까? 선생, 빨리 치료를 시작하시지요!"

관우는 아무렇지도 않은 듯 병사에게 술과 안주를 내오도록 했다. 술을 마시면서 마량과 계속 장기를 두는 동시에 화타에게 어깨를 치료하게 했다.

화타는 우선 어린 병사에게 큰 그릇을 가져오게 하고 이렇게 말했다.

"수술을 시작하겠습니다. 장군, 조금만 참으십시오."

"시작하시지요!"

관우는 아무런 신경도 쓰지 않았다.

화타는 예리한 칼로 천천히 상처 부위를 자르고 어린 병사가 가져온 그릇을 어깨 아래에 놓았다.

살을 째어 하얀 뼈가 보이자, 옆에 있던 사람들은 차마 볼 수 없어 눈을 가렸지만 관우는 술을 마시고 바둑을 두며 이야기꽃을 피우고 있었다. 화타가 뼈 속에 든 독을 긁어낼 때 소름끼치는 소리가 들려와 사람들은 모두 머리카락이 곤두서는 것 같았지만 오히려 관우는 얼굴색 하나 변하지 않았다.

잠시 후, 화타는 치료를 다 마쳤다. 관우는 크게 웃으며 일어서서 사람들에게 말했다.

"선생은 정말 신의라 할 만한 분이시구료. 이제 어깨가 하나도 아프지 않게 되었구려."

화타는 감탄하여 말했다.

"저는 많은 환자들을 치료해 보았지만, 장군과 같이 이렇게 용감한 분은 처음 뵈었습니다."

관우는 고마운 마음에 많은 금을 화타에게 주었지만 화타는 절대로 받으려 하지 않고 오히려 약을 한 첩 내놓고 그냥 떠나버렸다.

생각 해보기

❀ 조인이 번성을 지키고 있을 때 눈앞에서는 큰 홍수가 일어났고, 우금은 적의 포로가 되어 버렸고 방덕은 죽음을 당한 상태였기 때문에 모든 것을 포기하고 항복하려 했다. 그러나 다행이 만총이 적극적으로 말려서 조인은 항복할 마음을 버리고 성안의 모든 군민들과 함께 힘을 모아 번성을 지켰다. 역사는 우리에게 온 힘을 다해 하나로 단결한다면 극복하지 못한 어려움 없고, 반면에 전쟁터에서 싸울 때 뒷걸음치며 두려워하고 겁을 먹으면 결국 망하게 된다는 교훈을 주고 있다.

49

형주를 잃다

우금의 군대 반 이상이 물에 잠겨버린 일, 우금이 항복해 버린 일, 방덕이 죽게 된 일, 그리고 번성이 어려움에 처하게 되었다는 소식이 하나도 빠짐없이 허도에 전해지자 조조는 놀라움을 금할 수 없었다. 급히 회의를 소집해 대책을 상의했다.

"주공, 관우를 당해 낼 수 없습니다. 만약 이대로 계속 허도와 업도까지 공격해 온다면 큰일입니다. 주공, 수도를 옮겨 피했다가 훗날을 도모하는 것이 좋겠습니다."

관우의 명성에 겁먹은 이들은 하나같이 수도를 옮기자고 했지만 사마의만 이를 반대했다.

"주공, 절대로 쉽게 수도를 옮겨서는 안됩니다. 이번에 우리가 싸움에서 진 것은 우리의 병력이 약해서가 아니라 관우가 홍수를 이용했기 때문입니다. 지금 그가 명성과 위엄을 크게 떨치고 있으니 손권도 두려워

116

하지 않을 수 없을 것입니다. 그러니 우리가 손권을 설득하여 형주를 공

격하게 하면 번성의 위험은 자연히 해결될 것입니다.”

　조조가 몇 번을 곰곰히 생각해보니 사마의의 말이 옳다고 여겨졌다.

그래서 서황에게 정예부대 오만 명을 주어 급히 양릉파로 가서 기다리고

있다가 오군이 형주를 공격하겠다는 대답을 하면 곧바로 관우와 싸우도

록 했다. 동시에 온갖 정성을 들여 편지 한 통을 써서 오국으로 보내 손

권에게 군사를 일으키도록 설득하게 하고 또 만약 일이 성공하면 강남땅

을 손권에게 주겠다고 했다.

손권은 편지를 읽고 또 사자의 말을 들어보니 마음이 움직였다. 그러

나 장수들과 모사들의 의견이 서로 맞지 않았다.

"위나라도 민심이 좋지 않으니 이때가 형주를 공격하기 딱 좋을 때입

니다."

어떤 이가 이런 의견을 내놓았다.

또 다른 이가 말했다.

"위국은 힘이 강합니다. 위국과 손을 잡고 촉을 공격하는 것이 우리에
겐 더 이롭습니다."

"조조는 간사하고 꾀가 많은 사람입니다. 그의 말은 정말 믿기 어렵습
니다."

또 다른 쪽에서는 이런 의견을 내놓았다.

"형주는 예전에 우리나라로 넘어왔어야 하는데 관우가 내놓지 않겠다
고 버티고 있습니다. 다행히 이번에 되찾을 수 있는 기회가 생겼으니 이
일만 잘 풀리면 강남의 땅은 우리의 것이 됩니다."

손권이 형주나 서주로 누구를 보내야 할 지 한참 고민하고 있을 때 육
구를 지키고 있던 대장 여몽이 찾아왔다. 그는 상황이 심상치 않다는 생
각이 들어 대책을 상의하기 위해 특별히 온 것이었다. 여몽이 말했다.

"주공, 지금이 바로 장강이라는 천연요새의 좋은 점을 이용할 때입니
다. 우선 형주를 차지하고 난 후 다시 조조를 공격한다면 우리의 국토를
넓힐 좋은 기회가 됩니다. 우리는 길이 험한 곳에 정예부대를 머물게 하
고 있다가 조용해지면 그때 가서 형주를 공격해 차지하면 됩니다."

여몽의 이 말을 들으니 손권은 욕심이 생겼다. 일석이조일 뿐 아니라
충분히 가능성이 있는 말이었기 때문에 손권은 동요되었다. 그의 이런

계책을 듣자, 마치 이미 형주를 차지한 듯 위와 손잡고 촉을 공격하기로
결정했다.

여몽은 육구로 돌아온 후 곧바로 모든 군을 돌아본 후 형주를 공격할
준비를 했다.

한편 그는 몰래 형주로 정탐꾼을 보내 적의 군사배치를 알아보게 하
였다.

그러나 어쩌면 알아보지 않는 것이 더 좋을 뻔했다. 적군의 상황을 알
게된 여몽은 너무 놀라 온 몸에 식은 땀을 흘리며 계속 심상치 않다고 중
얼거렸다.

알고 보니 관우는 생각했던 것보다 더욱 더 치밀한 사람이었다. 비록 번
성에서 싸우고 있지만 동오에 대해서도 절대로 방심하고 있지 않았다. 그
는 형주성의 네 개 연안에 일, 이십 리마다 검문소를 만들어 놓고 봉화대
를 세워 만일 오국이 어떠한 움직임이라도 있으면 곧바로 연이어서 봉화
를 밝혀 급한 소식을 형주성까지 전할 수 있게 했다. 이렇게 세밀한 방어
체제와 원활한 지원책을 가지고 있으니 감히 성을 공격할 수가 없었다.

여몽은 자신이 관우를 너무 쉽게 보고 오왕 앞에서 큰 소리를 쳤다는
것을 깨달았다. 그런데 막상 이렇게 어려운 상황에 처하게 되니 어찌해
야 할지 난감했다. 그래서 그 날부터 병을 핑계삼아 문을 걸어 닫고 누구
도 만나지 않았다. 그의 가족들까지 진짜로 큰 병에 걸린 것으로 생각해

서 그를 귀찮게 하지 않았고, 이 사실은 손권에게까지 알려졌다.

"어찌 이럴 때 병이 났단 말인가?"

손권은 애가 타서 육손을 보내 알아보게 하였다.

육손은 여몽을 보자 웃으며 말했다.

"여장군, 저 육손이 특별히 장군의 병을 치료해 드리려고 왔습니다."

"나는 너무나도 힘들다네, 이 가엾은 병자를 비웃지 말아주게!"

여몽이 측은하게 말했다.

육손은 주위 사람들을 물리고 낮은 목소리로 말했다.

"제가 보아하니, 혹시 형주의 방비가 생각보다 너무 치밀해서 장군이

이렇게 큰 병을 얻으신 것 아니십니까?"

여몽은 이 말을 듣고 너무 놀라 침대에서 벌떡 일어나 감탄하며 말했다.

"과연 대단하군! 사실, 그러한 이유 때문이네."

"장군, 그래서 제가 이렇게 좋은 약을 들고 문병을 온 것입니다."

육손은 침착하고 조리 있게 말했다.

"장군께서도 이미 관우가 이렇게 철저한 방어를 하고 있는 이유는 장군과 같이 오국의 제일 가는 장군이 이곳을 지키고 있기 때문이라는 것을 아실 것입니다. 만약 장군께서 정말 병이 났다고 하면 관우가 어떻게 행동할 지 생각해 보십시오."

"자네의 말은, 내가 이렇게 계속 병든 척하고 있으면 관우가 방어를 게을리하게 된다는 말인가?"

생각 해보기

❀ 오나라의 대장인 여몽은 해구를 얻을 수 있다고 자신만만하게 말했지만, 관우의 병력과 방비를 보고 나자 걱정스러워 뒤로 주춤 물러나서 병을 핑계삼아 나오지 않았다. 다행이 육손이 그를 도와 좋은 해결 방법을 생각해내서 다시 분발할 수 있었다.

여러분은 어려운 일이 닥쳤을 때 두려워하며 물러나려고 하십니까? 만약, 선생님께서 가르쳐 주신 내용을 이해하지 못했을 때 병을 핑계삼아 학교에 가지 않겠습니까? 이 방법은 좋지 않습니다! 반드시 문제의 해결 방법을 찾아야 합니다. 이것이 바로 진정으로 용기있는 사람입니다.

"그렇습니다. 병이 난 척할 뿐만 아니라 소문을 퍼뜨려 적들이 알게 하십시오. 또한 이곳에 장군을 대신하여 아직 이름이 세상에 알려지지 않은 장군을 데려다 놓고 관우를 무서워하고 있는 것처럼 보이게 하면 됩니다. 이렇게 하면 관우는 반드시 거만해져서 형주에 대한 수비를 게을리 하고 병력을 번성으로 옮길 것입니다."

"그렇군! 내가 어찌 그런 생각을 못했지?"

여몽은 한 순간에 모든 걱정들이 다 날아가 안색이 좋아져서 말했다.

"사람들은 모두 각각 약점이 있지요, 관우의 약점은 바로 너무 거만하다는 것입니다."

다음날 두 사람은 같이 건업으로 돌아왔다. 여몽은 형주의 상황과 자신의 계획을 하나 하나 자세히 손권에게 설명했다.

"장군의 이 계획은 참으로 좋은 것 같소."

손권이 말했다.

"육구는 매우 중요한 곳인데 누구를 보내 그곳을 지키게 하는 것이 좋겠소?"

"육손이 좋을 것 같습니다."

여몽은 조금도 망설임 없이 말했다.

"육손? 그 사람은……."

손권은 걱정스러운 표정을 지었다. 비록 육손이 재주가 있을 지라도 명성과 지위 그리고 나이 면에서 모두 부족했다.

　여몽이 말했다.

　"육손은 아직 이름이 알려지지 않았을 뿐 덕과 지혜를 두루 갖춘 이로서 이 일에 가장 잘 맞는 사람입니다. 만약 능력이나 명성이 모두 저보다 높은 사람을 보낸다면 관우는 방어를 게을리하지 않을 것입니다. 이런 이유로 육손보다 적합한 사람은 없습니다."

　결국 손권도 허락하여 곧바로 육손을 편장군 우도독으로 승진시켜 육

구를 지키게 했다.

　육손은 임무를 받은 즉시 좋은 예물을 준비하고 또 겸손한 말투로 편지를 써서 관우에게 보냈다.

　관우는 여몽이 병들어서 젖비린내나는 어린 것이 대신 온 것을 보고 이제 형주를 방어하는 일은 안심해도 되겠다고 생각했다. 그는 생각하면 생각할수록 기분이 좋아져 사자가 보는 앞에서 크게 웃기까지 했다.

　이렇게 육손이 일부러 방어를 게을리하자 과연 관우는 점점 관심을 번

성으로 돌리기 시작하여 육구를 지키던 병력을 몰래 조금씩 번성으로 옮겼다.

참모 왕보는 걱정이 되어 이렇게 말했다.

"동오의 계략일지 모르니, 이 기회에 기습공격을 해야 합니다."

"흥! 육손 같은 어린 것이 무슨 용기로 나와 맞설 수 있단 말이냐! 게다가 우리에게는 봉화대가 있어 철저한 방비를 하고 있으니 무슨 일이 생기면 곧바로 지원병을 보낼 수 있다. 오군의 어떠한 계책도 무서울 것이 없다."

관우는 정말 너무 자신만만해져 적을 우습게 보고 왕보(王甫)의 충고는 안중에도 두지 않았다.

여몽은 계획을 실행할 시기가 되었다고 보고 한복, 장흠, 주란, 반장 등에게 정예 부대 삼 만 명을 이끌고 수십 척의 싸움배에 나눠 태워 형주로 나아가게 했다.

여몽은 먼저 십여 척을 상선으로 꾸민 다음 풍랑이 너무 세다는 핑계를 대어 봉화대를 지키는 병사들에게 배를 강기슭에서 하룻밤 머물게 해달라고 부탁했다. 또한 준비해 온 좋은 술과 음식들을 병사들에게 주었다.

병사들은 먹을 욕심에 장사 배로 꾸민 배들을 강기슭에 닿도록 허락하고 자신의 임무도 잊은 채 정신없이 먹고 마시기 시작했다.

봉화대를 지키고 있던 병사들이 어느 정도 술에 취하자 갑자기 한 무리의 오군 병사들이 산 뒤쪽에서 내려와 순식간에 봉화대를 공격하여 모두 포위해 버렸다. 날이 밝았을 때쯤 강가에는 이미 오국의 배들로 꽉 차 있었다.

여몽은 말 잘하는 사람을 몇 명 사서 금은 보화를 가지고 봉화대를 지키는 장수를 찾아가 유혹했다. 이런 여몽의 위협 겸 유혹에 봉화대를 지키고 있던 병사들은 한 명 한 명 모두 쉽게 설득당하고 말았다. 관우가 가장 중요시하고 굳게 믿었던 방어선이 이렇게 무너지고 말았다.

여몽은 또 대군을 이끌고 촉병들을 앞세워 형주성으로 몰려 갔다.

성문을 지키고 있던 병사들은 모두 자기네 편이라고 생각하고 조금도 의심 없이 성문을 열어 주었다.

오군은 이때 성안으로 밀고 들어가 쉽게 형주를 차지했다. 한편 멀리 번성에 있던 관우는 어떠한 이상한 기운도 알아차리지 못했다.

조조는 오국이 이미 형주를 차지했다는 것을 알고 곧바로 대군을 이끌고 양릉포로 와서 서황의 오만 부대와 힘을 합쳐 언성을 지키고 있던 관평과 산꼭대기에 군사를 머물게 하고 있던 요화를 공격했다.

관평과 요화는 온 힘을 다해 싸웠지만 조조의 대군을 당해낼 수는 없었다. 게다가 형주가 이미 손권의 손안에 들어갔다는 소식에 싸울 마음을 잃어버렸다. 두 사람은 남은 힘을 다해 싸워 겨우 빠져나와 번성으로 도망쳤다.

생각 해보기

❋ 봉화대를 지키는 병사들은 반드시 충실하고 임무를 엄격하게 지켜야 한다. 그러나 오히려 사람들의 뇌물을 받고 자신의 임무를 소홀히 하여 적에게 방어선이 무너져 버렸다.

더 한심한 것은 이러한 행동이 자신은 물론 다른 사람들에게까지도 피해를 주는 나라를 팔아먹는 행동이란 것을 모른다는 것이다.

오늘날의 사회도 이런 행동들을 하는 사람들이 많다. 우리는 역사를 통해서 옛 사람들과 같은 잘못을 하지 말아야겠다는 교훈을 얻게 된다. 그렇지 않으면 다른 사람에게 피해를 줄 뿐 아니라 자신도 피해를 입게 된다.

50

관우, 낡은 맥성에서 지다

관평과 요화는 겨우 번성으로 도망쳐와서 관우에게 싸움에서 지게 된 상황을 설명했다. 관우는 몹시 화를 냈다.

"어찌 그럴 수 있단 말이냐! 육구를 지키고 있는 장수는 젖비린내 나는 이름 없는 장수에 불과하고, 또한 봉화의 수비가 매우 엄한데 형주가 어찌 그리 쉽게 적에게 넘어갔단 말이냐? 게다가 상황이 그 정도로 심각했는데, 어째서 아무런 소식도 없을 수 있단 말이냐? 봉화대를 지키던 이들은 모두 무엇을 하고 있었단 말이냐!"

이때, 서황이 선봉으로 대군을 이끌고 관우의 진지 앞까지 왔다. 관우는 너무 놀라 급히 싸움을 준비했다. 관우가 아무리 온 힘을 다해 싸운다지만 적은 나이도 아니고 화살에 맞은 상처가 아직 다 회복되지 못해 몸도 많이 약해져 있었기 때문에 몇 합 싸우지도 못하고 벌써 몸이 마음같이 움직여 주지 않았다.

이때 조조군 병사가 소리쳤다.

"형주는 이미 동오에 넘어갔는데, 너희들이 여기서 이렇게 싸워봤자 무슨 소용이 있겠느냐?"

형주 병사들은 이 말을 듣고 흐트러지기 시작했다. 관평은 아버지의 상황이 위급해지고 병사들까지 어지러워지자 징을 울려 군사들을 불러들이는 수밖에 없었다.

바로 이때, 조인이 맹렬하게 공격하자 관우는 하는 수 없이 번성을 방어하느라 오랫동안 어려움에 처해있던 병사들을 이끌고 성에서 빠져 나갔다. 관우의 병사들은 마음이 이미 흔들리기 시작한데다가 앞, 뒤 양쪽에서 공격해오자 당해내지 못하고 양강 나루터까지 쫓겨왔다. 겨우 강을 건넌 패잔병들은 수백 명 정도였다.

관우는 상황이 이렇게 되자 너무 괴로웠다. 한순간의 실수로 오늘 같이 싸움에 크게 지게 되리라고는 상상도 못하였다. 일이 이렇게 되었으니 우선 공안(公安)에게로 가서 군대를 정리하여 다시 싸움을 준비하는 수밖에 없었다.

그때, 정탐꾼이 소식을 전해왔다. 공안은 이미 부사인에게 당해 성문을 활짝 열어 오국에게 바쳐졌고 남군의 미방도 손권에게 항복해 버렸다

는 것이었다.

"무엇이라고? 정말 하늘이 나를 버리는구나!"

관우는 이 소식을 듣고 하늘을 향해 소리지르며 화를 내다가 상처가 덧나 더이상 버티지 못하였다. 결국, 정신을 잃고 말 아래로 떨어졌다.

사람들은 너무 놀라 허둥지둥 관우를 말 위에 태워 정신을 차리게 하고 그의 상처를 다시 꽉 조여 주었다.

작은 자료실

❋ 맥성은 초소왕이 세웠다고 전해진다. 지금의 호북 당양현 동남쪽에 있다. 동한 건안 24년 관우가 여몽에게 패하고 당양까지 밀려났을 때 남군, 공안까지 무너졌다는 소식을 듣고 맥성으로 가게 되었다. 당시 맥성은 오랫동안 사람이 살지 않은 폐허였다. 싸움에 진 관우는 이런 산산조각으로 부서진 맥성을 보자 더욱 처량해졌다.

관우는 자신의 지혜롭지 못함 때문에 마음에 가책을 느꼈다. 그는 왕보에게 말했다.

"나는 이번에 자네의 충고를 듣지 않아 다시는 돌이킬 수 없는 큰 실수를 저지르고 적들의 간사한 계략에 빠지고 말았네. 내가 무슨 면목으로 돌아가 큰 형님을 뵐 수 있겠는가?"

이렇게 말하면서 후회의 눈물을 그치지 못했다.

관평과 요화가 계속 관우를 위로했다. 일행은 관우를 보호하며 쉬지 않고 걸어 맥성에 도착했다.

요화가 나서서 이렇게 말했다.

"이곳에서 상용이 그리 멀지 않습니다. 상용은 지금 유봉과 맹달(孟達)이 지키고 있으니, 이곳을 뚫고 나가 도움을 받으면 다시 싸울 수 있을 것입니다."

관우도 유봉은 큰 형님의 양자이니 당연히 도와 줄 것이라고 생각했다. 이렇게 해서 관평에게 요화를 보호하여 이곳을 뚫고 나가게 했다. 요화는 갖은 고생 끝에 결국 상용에 도착하여 유봉을 만났다. 그러나 유봉은 꾸물거리며 말했다.

"나는 맹달과 상의를 해 봐야겠소."

맹달이 말했다.

"지금 오국과 위군의 연합군이 적어도 칠 팔십만 정도 됩니다. 그러나 우리는 고작 이 삼천 명 정도인데 어떻게 그를 도울 수 있겠습니까? 오히려 우리까지 위험에 빠지게 됩니다!"

"그러나, 그는 나의 숙부님인데, 만약 내가 돕지 않는다면……."

"물 한 잔으로 큰 불을 끌 수는 없는 것입니다. 너무 망설이지 마십시오."

유봉은 결국 요화의 요청을 거절했다. 요화는 바닥에 무릎을 꿇고 울면서 다시 한번 부탁했지만 유봉은 절대로 군사를 일으키지 않았다.

요화는 어쩔 수 없이 그곳을 떠나 한 번도 쉬지 않고 성도로 달려갔다.

하루하루 시간이 지나자 맥성에는 군량이 거의 바닥나버려 병사들은 배가 고파 눈앞이 흐릿해질 정도였지만, 요화의 구원병은 아무런 소식이 없었다. 이날 관우는 심각하게 선포를 했다.

"아마 요화는 가는 도중에 죽음을 당한 것 같다. 우리 스스로 일을 해결해야 할 것 같다."

이렇게 해서 어둡고 바람이 세게 불어오는 늦은 밤에 이백 명 정도의 패잔병을 이끌고 촉으로 출발했다. 몇 개의 계곡을 건너고 산을 넘었는

지 모르지만 촉나라는 점점 가까워지는 것 같았다. 그때 갑자기 누군가 소리쳤다.

"관장군, 어디로 가는가……."

수없이 많은 돌덩어리가 사방에서 굴러 내려와 관우 일행은 돌무더기에 갇혀서 사로잡히고 말았다.

오군 진영에 사로잡힌 관우는 한바탕 욕을 퍼붓고 촉나라의 귀신이 될망정 절대로 항복은 않겠다고 소리쳤다. 사실 손권은 관우를 매우 존경하고 있었다. 그러나 지금 그는 친구가 아닌 적이고 또한 촉나라에 충성하고 있는 사람이었다. 손권은 어쩔 수 없이 일생 중 가장 가슴 아픈 결정을 내려야 했다. 그리하여, 진지 앞 광장에서 관우와 그의 양자 관평의 목을 베어 사람들에게 보였다. 붉은 피가 모래를 붉게 물들이며 한 시대

❋ 관우는 정이 많고 의로우며 또한 그에 맞설 사람이 없을 정도로 지모 또한 뛰어나서 지금까지 존경을 받고 있다. 그러나 많은 전쟁과 어려움을 겪은 그도 자만하여 실수를 저지르게 되었다.

육손을 그저 아랫사람으로만 여기고 자신의 상대가 될 수 없다고 생각하여 적을 너무 우습게 보아서 싸움에서 크게 지게 된 것이다.

교만은 종종 성공의 적이 된다. 어느 정도의 재능을 가지고 있던지 꼭 잊지 말아야 할 것은 절대로 교만해서는 안 된다는 것이다. 그렇지 않으면 끝에 가서 실패하게 될 수 있다.

의 영웅이 이 세상을 떠났다. 이때 그의 나이 쉰 여덟이었다.

이런 나쁜 소식이 성도로 전해지자, 유비는 큰 소리를 내며 울다가 몇 번이나 정신을 잃었다. 점점 유비의 마음은 슬픔에서 분노로 바뀌고 있었다. 그는 유봉과 맹달의 정없고 의리없는 행동에 화가 났다. 유비는 절대로 그들을 살려 둘 수 없어 결국 유봉의 목을 베라고 명령했다. 또한 대군에게 싸울 준비를 시키고 의형제의 복수를 위해 직접 오군을 공격할 준비를 했다.

그러나 공명의 끊임없는 설득으로 우선 그들의 움직임을 살핀 후, 오국과 촉국의 사이가 안 좋아질 때까지 기다렸다가 군사를 일으키기로 했다. 유비는 가슴 속에 가득한 분노를 억지로 참았다.

한편 조조는 싸움에 이기고 돌아와 줄곧 알 수 없이 머리가 아파왔다. 병세는 날이 갈수록 깊어가서 어떨 때는 미친 듯이 괴로웠다. 그의 병을 고칠 수 있는 유일한 사람인 화타가 그에게 두개골을 쪼개어 그 안에 있는 병의 근원을 없애야 한다고 말했다. 조조는 화타가 좋지 않은 마음을 품고 자신을 죽이려 한다고 생각해서 화타를 죽여버렸다.

'신의' 화타는 이렇게 조조의 손에 억울하게 죽었고 또한 조조 자신도 살 기회를 놓친 것이다.

다음 해, 사납고 야심이 컸던 한 시대의 영웅, 조조는 병세를 이기지 못하고 신하들이 흐느껴 우는 가운데 세상을 떠났다. 그의 나이 예순 여섯이었다.

곧 조비가 위왕을 이어 받았다. 야심이 대단했던 그는 몰래 자신의 심복을 시켜 강제로 헌제에게 제위에서 물러나도록 협박했다. 가엾은 헌제는 갖은 치욕과 위협 속에서 눈물을 머금고 제위를 조비에게 넘긴다고 선포했다.

조비는 일부러 몇 번 사양하는 척 하다가 결국 신하들의 지지를 받으며 거리낌없이 제위를 받아들여 자신을 '위제'로 칭하고 국호를 '위'로 정했다.

동한이 망하자 한나라에 충성하던 많은 충신들의 슬픔은 이루 말로 표현할 수 없었다. 공명은 여러 부장, 모사들과 한참을 상의한 후 한중왕 유비에게 한나라의 대통을 이어받게 하여 한나라가 끊어지지 않게 하자고 결정했다.

유비는 놀라서 거절했다.

"나 유현덕은 절대로 그런 충의없는 행동은 할 수 없소! 도대체 나보고 조비와 같은 행동을 하란 말씀입니까?"

사람들은 입이 닳도록 간절하게 다시 한번 부탁했다. 공명

> **작은 자료실**
>
> ❋ 손권은 관우를 죽인 후, 유비가 반드시 자신을 그냥 두지 않을 것이라고 생각하고 관우의 목을 비단 주머니에 넣어 조조에게 바쳐 관우를 죽인 것이 조조의 뜻이었다는 것처럼 만들었다.
> 조조가 비단 주머니를 열었을 때, 관우가 두 눈을 부릅뜨고 자신을 쳐다보고 있는 것을 보고 너무 놀라서 그때부터 머리가 아프기 시작했다. 이때부터 조조는 주위 사람들에게 자주 이런 말을 했다. "관우가 나에게 복수하려고 왔구나!" 그 이후 날이 갈수록 두통이 멈추지 않아 결국 얼마 안되어 병으로 죽었다.

도 병을 핑계로 나라 일을 돌보지 않자 그제야 유비도 고개를 끄덕였다.

"나는 여러분의 뜻을 알고 있습니다. 만약 내가 그냥 이대로 있는다면 조비가 제위를 억지로 빼앗은 사실을 그냥 인정해 버리는 것이니 한나라를 받드는 이들에게 실망을 줄 것입니다. 좋습니다. 이제 어떻게 해야할지는 여러분이 알아서 해 주십시오."

건안 26년 4월 성도에서는 역사상 가장 성대한 예식이 거행됐다.

예식 단상은 궁 밖에 세워지고, 천자의 수레가 궁 밖으로 나오자 잘 정
리된 군대와 백관들이 소리 높여 만세를 외쳤다.

유비는 정중하게 옥새를 받아 들고 정식으로 촉 황제에 오르고 연호를
장무로 바꿨다. 그리고 큰 아들 유선을 태자로 삼고 제갈량을 상으로, 허
정(許靖)을 사도로 임명했다. 또한 나머지 여러 백관들에게도 상을 내리
고 대사면을 실시해 많은 죄인들을 풀어주었다.

51

장익덕을 잃다

관우가 죽고 난 후 유비는 항상 관우의 원수를 갚고 싶다는 생각뿐이었지만, 공명과 조정 대신들이 모두 반대하였다.

"조비가 한나라를 빼앗았다는 정당한 이유를 들어 위국을 먼저 공격해야 합니다. 만약 위국을 그냥 두고 오국을 공격한다면 위국은 어부지리 격으로 이익을 보게 됩니다. 더욱 나쁜 것은 오와 위 두 나라가 다시 손을 잡게 된다면 우리는 오랫동안 그들과 싸워야 하니 우리나라에 이로울 것이 없습니다."

유비도 더 이상 어쩔 수 없어 군사를 일으킬 생각을 잠시 접어 두었다. 그런데 얼마 안 되어 장비가 돌아와 유비의 마음을 다시 흔들어 놓았다.

장비는 관우가 죽었다는 소식을 들은 후로는 성격이 더욱 포악해지고 변덕스러워졌다.

자주 곤드레만드레 술에 취해 오국 방향을 보며 크게 욕을 해대고 이를 부득부득 갈며 화를 냈다. 그의 주위에 있던 장수들에게까지 이유없이 욕을 하고, 발로 차며 주먹질을 해서 원망의 소리가 끊이지 않았다.

이날 유비는 랑중으로 사람을 보내 장비를 거기장군으로 임명했다. 장비는 사자와 함께 성도로 돌아와 은혜에 감사했다. 큰형을 만나 우선 군사의 예를 갖추고 난 후, 장비는 유비의 다리를 붙잡고 큰 소리로 울기 시작했다.

유비는 가볍게 장비의 등을 토닥거려 주는데 눈이 빨개져 한참 후에나 말문을 열었다.

"셋째야, 정말 잘 왔다. 둘째가 이미 이 세상을 떠났다. 지금 우리 두 형제만 남았구나. 큰 형은 네가 많이 보고 싶었다. 아우야, 너의 건강은 어떠하냐?"

가족의 정이 가득 담긴 말투였다.

장비는 두 손을 꽉 쥐며 흥분해서 말했다.

"저는 늘 둘째 형님의 원수를 갚을 마음뿐이지 높은 벼슬과 많은 녹봉 따위는 바라지도 않습니다."

유비는 뿌듯해서 고개를 끄덕였다.

"큰형의 마음도 너와 같다. 하루도 그 생각을 잊은 날이 없다. 언젠가 우리 같이 힘을 합쳐 오국을 공격하자, 어떻게 생각하느냐?"

장비는 이 말을 듣고 기뻐서 깡충깡충 뛰며 말했다.

"정말이십니까? 이 막내는 언제든지 따르겠습니다!"

유비도 순식간에 용기가 치솟아 장비에게 랑중에 있는 군대를 남쪽으

로 이동시켜서 두 군을 합친 후 오국을 공격하기로 약속하였다.

공명의 말이라면 항상 따르던 유비도 이번만은 아무리 말려도 듣지 않고 자신의 표장까지 내던지고는 돌아보지도 않았다.

이렇게 복수를 해야겠다는 마음이 간절해진 유비는 칠십 오만 대군을 이끌고 황충을 선봉으로, 장비를 중군으로 삼고 조융(趙融) 등 여러 명의 대장에게 뒤를 맡도록 했다. 그리고 마초, 마대와 위연에게 한중을 지키

게 하고 큰 부대를 이끌고 당당하게 오국을 향해 출발했다.

어느 날 유비의 대군이 성도를 백여 리 떠나와 진채를 차리려고 하는데 갑자기 장비의 아들 장포가 손살같이 달려와 바닥에 엎드려 울기 시작했다.

"아버님이 이미 범강(范疆)과 장달(張達) 두 배반자에게 당하셨습니다!"

원래 장비는 유비를 만난 후 곧바로 랑중으로 돌아가 군사를 일으킬 준비를 했었다. 우선 범강과 장달 두 부장에게 말했다.

"이번에 오국을 공격할 것이다. 이것은 나의 의형 관운장의 복수를 하기 위한 것이니 군에 있는 모든 것을 흰색으로 하고 군복도 모두 흰색으로 바꿔 입도록 해라. 이 일을 하는데 너희 두 사람에게 삼일간의 시간을 줄 터이니 절대 실수가 없도록 하라!"

"그것이……. 장군, 며칠의 여유를 더 주십시오. 사실 삼 일에 그 일을 다할 수는 없습니다."

"이런 바보 같으니! 무슨 방법이 없다는 소리냐!"

장비는 화가 나서 곧바로 한바탕 욕을 퍼부은 후, 그들을 나무에 묶어 많은 사람들이 보는 앞에서 채찍질을 했다. 범강, 장달 두 사람은 무엇에도 비할 수 없는 치욕을 당했지만 그래도 용서를 빌었다. 한참 후에야 화를 가라 앉힌 장비는 두 사람을 풀어주고 그들에게 다시 맡은 일을 열심히 처리하라고 명령했다.

그날 저녁, 장비는 죽은 관우가 생각나서 슬픔을 참지 못하고 또 취하도록 술을 마셨다. 술에 취해 한참을 울다가 곯아떨어져 잠이 들었다. 이경 정도에 범강과 장달이 몰래 장비의 장막으로 들어가 장비가 깊은 잠에 든 것을 확인하고 칼을 들어 찔러 죽였다. 그런 후, 두 사람은 장비의 머리를 가지고 가족들과 동오로 가서 항복했다.

유비는 장포가 울면서 장비의 최후를 말하자 크게 울부짖었다.

"셋째야!"

순간 유비는 말을 잇지 못하고 쓰러질 뻔하였다. 다행히 주위에 있던 시종들이 그를 부축했다. 유비는 억지로 슬픔을 참으며 제단을 세워 장포를 위로했다. 일을 마친 후 유비는 곧바로 대군을 일으켜 물과 육지 양쪽으로 동시에 오국을 공격하기 위해 출발했다. 오, 촉 두 나라는 예전과는 비교할 수 없을 정도의 큰 싸움을 시작하게 되었다.

촉군의 기세가 너무 당당하여 아무나 맞설 수 없을 정도였다. 싸우면서 나아가는데 그 세력이 대단했다. 백제성에서부터 휩쓸기 시작해 이기지 못한 싸움이 없었다.

오국이 계속 싸움에 지자 손권은 놀라 어찌할 방법을 찾지 못하고 있었다. 이때 대부 감택이 가족의 목숨까지 담보로 하여 육손에게 군사를 주어 적을 무찌를 수 있도록 적극 추천했다. 손권도 예전에 여몽이 그를 칭찬했던 일과 또 지혜로 형주를 차지한 일이 생각나 감택의 뜻에 따라 육손을 대도독으로 삼고 모든 병력을 맡게 하였다.

육손은 임무를 받은 후 곧바로 명령을 내렸다.

"모든 군은 성을 굳건히 지키고 절대 싸움에 나서지 말라!"

한 사람이 육손에게 반대하고 나서니까 다른 장수들도 줄줄이 이에

동의하고 나섰다. 육손은 갑자기 칼을 뽑아들고 무섭게 소리쳤다.

"나는 오왕의 명령을 받아 도독이 되어 촉에 맞서는 것이다. 누구든지 내 뜻에 따르지 않으면 목을 벨 것이다!"

이런 일이 있은 후, 촉군은 매일 같이 오병을 찾아와 욕을 퍼부어 육손을 화나게 해서 싸워보려 했지만 아무런 효과가 없었다.

그래서 촉군은 방법을 바꿨다. 늙고 약한 부상병들을 미끼로 삼거나 일부러 자신의 약점을 드러내 적군이 공격하도록 유인했다. 그렇지만 여러 방법을 써봐도 오군은 도무지 싸우려고는 하지 않고 '면전패(免戰牌; 싸움을 하지 않겠다는 것을 나타내는 표시)'만 높이 걸어 놓고 상대하려고도 하지 않았다.

이때가 바로 6월, 한참 더울 때였다. 촉군의 진영은 광야 한복판에 있어 쏟아지는 햇볕을 막아낼 방법이 없었다. 게다가 물이 있는 곳이 멀어 물을 얻기도 쉽지 않았다. 얼마 지나지 않아 촉군에는 많은 병자들이 생기고 군사들의 사기도 점점 느슨해졌다.

유비는 이런 상황을 보고 진지를 그늘지고 물을 얻기 쉬운 숲 속으로 옮기기로 결정했다.

그러나 마량이 생각하기에 이것은 좋은 방법이 아니었다. 유비는 마량에게 적과 자신의 진지 배치도를 한중에 있는 공명에게 보내 물어 보게 했다.

그러나 유비는 마량이 돌아오는 것을 기다리지 못하고 대군을 이동시키라는 명령을 내렸다. 부장들은 육손에게 이번 기회를 절대 놓쳐서는 않되니 군사를 일으켜 공격하자고 했다. 그러나 육손은 병사들을 쉽게 움직이려 하지 않았고 사람들의 의견도 받아들이지 않았다.

결국 대군이 모두 후퇴해 버리고 만여 명의 늙고 병든 병사들만 남아서 원래 있던 자리를 지키고 있었다. 육손의 부장들은 또 그에게 다시 한 번 공격하자고 했지만 그때도 절대 허락하지 않았다. 사람들은 화가 났지만 발만 동동 구르고 있을 뿐이었다.

남아있는 촉군들은 평소와 같이 매일 아침 싸움을 걸어왔다. 어떤 때는 오군의 진지 앞에서 갑옷을 풀고 앉아 있거나 누워있고, 심지어 어떤 때는 여자 분장을 하고 오군의 기를 흔들며 비웃었다.

오군은 이런 치욕을 당하자 참지 못해 군심이 흔들리면서 육손에게 계속 싸우자고 했지만 육손은 절대 어떠한 행동도 하지 못하게 하고, 각 군에 수비만 잘하라는 명령을 내렸다.

시간이 지날수록 유비는 점점 화를 참을 수가 없어 성격이 거칠어졌다. 그는 오로지 빨리 오국을 공격해 자신의 손으로 손권을 죽여 의형제 관우와 장비의 원수를 갚을 생각밖에 없었다.

유비는 수군에 온 힘을 기울이기로 공격 전략을 바꿨다. 며칠 사이에 촉군의 군함은 계속 장강을 따라 오군이 있는 강가까지 쫓아 내려가 또 다른 수채를 세워 방어시설을 만들었다.

한편 마량은 밤낮으로 달려 한중에 도착해 곧바로 공명을 만나 상황을

생각 해보기

❀ 유비는 관우의 복수를 위해 제갈량과 군신들의 말도 듣지 않고 오국을 공격했지만 결국 크게 져서 한나라를 일으키겠다는 뜻도 이루지 못하고 세상을 떠나고 말았다. '작은 일을 참지 못하면, 큰 계획을 망쳐버리게 된다'는 말이 있듯이 유비가 실패하게 된 원인은 바로 참지 못했기 때문이다. 그러나 육손은 꾹 참으며 이롭지 못할 때에는 쉽게 행동하지 않아 끝내 승리를 얻게 되었다.

설명하고 군사배치도를 보여주었다. 공명은 배치도를 보고 너무 놀라 얼굴색이 변했다.

"이것은 누가 결정한 작전도인가?"

공명은 눈썹을 찡그리며 심각하게 물었다.

"전하가 직접 하신 것입니다. 절대로 다른 사람의 말을 들으려 하지 않으십니다."

"이런! 물을 따라 내려가는 것은 나아가기 쉬워도 물러나기는 어려운 것이다. 수군은 동쪽으로 내려가긴 쉽지만 물러나기가 어려워진다. 강가의 숲이 짙고 험한 땅에 영채를 세우는 것은 병가에서 몹시 꺼리는 일이다. 또 영채를 칠백 리나 되도록 늘어 세웠으니 무슨 군사로 그 긴 전선에서 적을 막아낼 수 있겠는가? 촉군이 위험에 빠졌구나! 마량, 어서 빨리 돌아가 주상을 뵙고 어서 영채를 고치시라고 전해라. 절대 그대로 있어서는 안 된다!"

"만일 육손이 이미 우리 군과의 싸움에서 이긴 후라면 어떻게 하면 좋겠습니까?"

마량이 물었다.

"육손은 조위가 공격할 것을 꺼려 우리 군을 끝까지 뒤쫓지는 못할 것이오. 만약 상황이 좋지 않으면 주상께 백제성으로 물러나시라고 전하시오. 내가 이미 어복포에 병사들을 숨겨두었으니 육손이 쫓아오면 반드시

복병에 걸릴 것이오.”

공명은 얼른 표문을 써서 마량에게 주며 전선으로 돌려보냈다.

오국에서는 육손이 드디어 움직이기 시작했다. 그는 촉군이 점점 해이해지는 것을 보고 때가 왔다고 생각하고 장수들을 모아놓고 명령했다.

“주연, 자네는 병사들을 데리고 강 중류에서 기다리고 있다가 내일 정오가 지나 동풍이 불기 시작하면 군사를 이끌고 강 북쪽으로 가서 유황과 염초가 든 마른 풀단을 바람 부는 방향에 맞춰 불을 지르시오.”

다음은 주태에게 강 남쪽을 공격하게 하고, 한당은 북쪽을 공격하게 했다. 모든 병사들이 유황과 염초를 숨기고 있다가 바람에 맞춰 하나 건너 하나씩 불을 질렀다. 육손은 촉군이 혼란에 빠져 흩어지면 밤낮을 가리지 말고 뒤쫓아 유비를 사로잡은 후 싸움을 멈추라고 명령했다.

한번 싸워보고 싶어서 안달이 났었던 차에, 이날 처음으로 싸우라는 명령을 받자 오군 진영은 모두 춤을 추며 기뻐했다.

52

현덕, 죽은 후 뒷일을 부탁하다

육손의 예상은 틀리지 않았다. 다음날 정오, 강에서 갑자기 큰 동풍이 불기 시작했다. 촉 진영에서 강기슭을 지키고 있던 군사가 와서 알렸다.

"한 무리의 오군이 풍랑을 따라 동쪽으로 움직였는데 갑자기 없어졌습니다."

유비는 관흥(關興)과 장포(張苞)에게 알아보게 했다. 관흥, 장포는 둘러본 후 돌아와서 유비에게 말했다.

"아무런 이상 없습니다."

그제야 유비는 마음을 놓고 수비를 철저히 하도록 명령했다.

뜻밖에 해질 무렵 강 북쪽의 진지에서 갑자기 심한 불길이 일기 시작하더니 하류에 있는 진영에서도 불빛이 보였다. 밤이 되자 바람을 타고 불길이 점점 크게 일어났다. 강북의 불길은 매우 빠르게 퍼졌고 남쪽에 있는 진영에서도 큰 불길이 일기 시작했다.

순식간에 사람과 말들이 뒤섞여 마치 큰 파도가 해안으로 부딪쳐 오는 것처럼 큰소리가 나고 불길도 세차게 일어났다. 유비는 부장들의 보호 아래 정신없이 풍습의 진지로 도망쳐왔다. 풍습의 진지도 다를 바 없었다. 타오르는 불길 말고는 오나라 장수 서성(徐盛)의 공격 뿐이었다.

유비는 자신이 탄 말에 몸을 싣고 연기가 자욱한 곳을 뚫고 도망칠 수밖에 없었다. 이렇게 위험할 때 풍습이 수십 기를 이끌고 유비를 따라와 보호해 백제성으로 도망쳤다. 도망가는 길에 뒤따라오던 서성과 정봉(丁奉)이 매복해 있던 병사들에게 앞뒤로 공격을 받아 매우 위험에 처했으나, 다행이 장포가 달려와 유비를 겹겹으로 둘러싸 주어 안전하게 마안산으로 도망쳤다.

그러나 뜻밖에 육손이 직접 대군을 이끌고 마안산을 겹겹이 둘러싸고서는 다시 한번 불길로 공격했다. 수천 개의 등불 행렬이 빠르게 산으로 몰려왔다. 유비 일행은 죽을힘을 다해 그 포위망을 뚫고 겨우 강변으로 도망쳤다.

그러나 이번엔 오국의 장수 주란이 대군을 이끌고 갈대밭에서 뛰어나왔다. 유비는 놀라서 곧바로 말머리를 돌려 이리저리 도망치다가 계곡 쪽으로 피하기로 했다. 그러나 또 육손의 군기가 계곡 아래 쪽에서 단숨에 올라왔다.

바로 죽음 앞까지 온 것 같은 위험에 빠졌을 때 지원군이 나타났다. 앞장선 대장은 바로 상산의 조자룡이었다. 싸우면서 길을 뚫고 지나가는 것이 마치 아무런 방해도 받지 않은 듯 거침이 없으니 오군은 미처 막지 못하고 무너지기 시작하여 뿔뿔이 도망쳐 버렸다.

원래 조운은 이곳에서 그리 멀지 않은 강주를 지키고 있었는데, 공명이 마량을 보낸 후 급히 비둘기로 조운에게 편지를 보내 만일 무슨 일이

생길지 모르니 군사를 이끌고 도우러가게 했던 것이다.

　조운이 늦지 않게 왔기 때문에 죽은 것이나 다름없던 사람들은 안전하게 백제성에 올 수 있었다. 간신히 목숨을 구한 유비는 백제성을 바라보며 슬픔을 참지 못하고 울기 시작했다.

처음의 계획은 의형제들의 복수를 갚기 위해 모든 병력을 동원하여 오국을 공격해 직접 손권을 죽이는 것이었다.

그러나 한순간의 실수와 부주의 때문에 육손의 화공에 걸려들어 수많은 장수와 병사들의 목숨만 억울하게 잃고 말았다. 유비는 얼마남지 않은 병사들을 데리고 돌아가서 어떻게 백성들을 대해야 할지 걱정이었다.

한편 오군의 육손은 승리를 바로 앞에 두고 있었지만 결코 마음이 흐트러지지 않았고, 다만 때마침 조운이 나타나 오군이 무너진 것뿐이라고 생각하여 유비가 도망간 방향을 따라 계속 쫓아오니, 촉군은 숨 한번 제대로 내쉴 여유도 없었다.

저녁 무렵이 되어 어복포 근처에 도착하자 육손은 그제야 진지를 세웠다. 그곳에서 쉬었다가 다음날 다시 계속 뒤쫓기로 하고 보초병을 보내 앞길을 살피게 했다.

정탐을 갔던 병사가 돌아와 알렸다.

"아무리 샅샅이 뒤져도 적들의 흔적은 찾을 수가 없습니다. 그런데 강가에서부터 자갈밭이 시작되어 산 위까지 쌓여 있는데, 돌의 모양이 이상야릇하여 사람처럼 보이기도 하고, 또 바람 소리는 마치 귀신이 우는 것 같이 들리는 이상한 곳이었습니다."

육손도 이 말을 듣고 이상한 생각이 들어 직접 가서 알아보기로 했다.

그리하여 병사 몇 명을 데리고 어복포로 갔다. 도중에 어부들을 만나 그들에게 물었다.

어부가 대답했다.

"몇 년 전에 제갈공명이라는 사람이 이곳으로 많은 병사들을 데리고 와서 훈련을 시킨 적이 있습니다. 그들이 돌아간 후 이곳에 석문, 석탑과 석상이 많이 있다는 것을 알게 되었습니다. 그런 일이 있은 후, 강물의 방향이 이상하게 변해버리고 게다가 자주 이유 없이 회오리 바람이 불어옵니다. 사람들은 이곳을 이상한 곳이라고 생각해 모두들 무서워서 감히 가까이 가려고도 하지 않습니다."

"알고 보니 공명이 사람 눈을 속이려고 만들어 놓은 곳이구나."

육손은 이곳을 조금도 무서워하지 않고 석진(돌 숲)으로 들어갔다. 예상대로 그들이 들어간지 얼마 안 되어 이상한 일이 생겼다.

갑자기 뒤쪽에서 이따금씩 북소리와 싸우는 소리가 들려왔다. 사람들이 급히 뒤돌아보면 멀리서 모래가 날리고 돌이 굴러다니는 것이 마치 수천 명의 군사들이 몰려오는 것 같았다. 육손은 놀라서 급히 길가로 몸을 피했으나 아무것도 보이지 않았다.

이런 비슷한 일이 여러 번 계속되자 육손은 그제야 이 모든 것이 환각인 것을 알게되어 조금도 망설임이 없이 날이 어두워질 때까지 걸었다. 사람들은 지쳐 걸음을 멈췄다. 왜냐하면 그들은 계속 석진(돌 숲)을 빠져

나가지 못하고 있었다.

"모두 나의 실수구나! 내가 이 석진을 그냥 지나쳤다면 모두들 이렇게 힘들게 만들지는 않았을텐데. 이렇게 가다가는 우리 모두 이곳 돌 숲에서 피곤에 지쳐 죽을지도 모르겠구나."

육손은 마음이 언짢았다.

다행히 죽으라는 법은 없는지 산길에 익숙한 한 노인을 만나 겨우 밖으로 빠져 나올 수 있었다. 육손은 진채로 돌아와서 곧바로 오국으로 돌아갈 명령을 내렸다.

작은 자료실

❋ 이야기 속에 나오는 어복촌 돌 숲(석진)은 바로 그 유명한 '팔진도'이다. 육손 일행을 데리고 나온 노인은 바로 공명의 장인 황승언이었다. 전하는 말에 의하면 공명은 천문과 지리에 능통했고, 기문둔갑술까지 그의 장인에게서 배웠다고 한다. 황선생은 마음이 인자하고 평생 선한 일을 해왔기 때문에 육손 일행을 돌 숲에서 그냥 죽게 둘 수 없어 공명의 당부에도 불구하고 그들을 도와주어 공명의 큰일을 그르치고 말았다.

"어찌해서 우리가 계속 이기고 있는데 쫓아가서 계속 공격하지 않으십니까?"

부장들이 이해할 수 없다는 듯이 육손에게 물었다.

육손이 대답했다.

"공명은 정말 우리에게는 쉬운 적이 아니다. 게다가, '사마귀가 매미를 잡으니 참새가 뒤에서 기다리고 있다'는 말이 있듯이 우리가 없는 동

안 위군이 공격해 올지 모른다. 어서 돌아갈 준비를 해야 할 것이다.”

비록 위험한 고비는 넘겼지만 유비는 백성들을 대할 면목이 없어 성도

로 돌아가지 못하고 계속 백제성에 머물렀다. 얼마 후 이런 걱정들이 쌓

이고 쌓여 병이 되어버렸다. 어떠한 약과 침을 써도 병이 낫지 않자 성도로 사람을 보내 공명을 오게 했다.

공명은 이 소식을 듣고 곧바로 이엄과 세자 유리(劉理)와 유영(劉永)을 데리고 급하게 백제성으로 달려와 유비를 만났다. 공명은 병세가 심해져서 얼굴이 많이 수척해진 유비를 보는 순간 마음이 아파 침대 앞에 무릎 꿇고 울기 시작했다.

유비는 공명을 침대 옆에 일어나 앉히고 가볍게 그의 손을 잡고 말했다.

"승상, 나를 용서하시오! 오늘의 대업은 모두 승상의 도움으로 이루어진 것인데, 내가 승상의 충고를 듣지 않고 고집을 부려 이렇게 여지없이 싸움에 지고 말았습니다. 그래서 지금 그 후회가 병이 되어 죽음이 얼마 남지 않았습니다. 아! 정말 죽은 운장과 익덕이 보고 싶구려! 내가 죽은 후 나라 안팎의 큰 일들은 승상께서 모두 마음을 써 주십시오. 그래야 내가 마음놓고 편히 떠날 수 있을 것 같습니다."

유비가 말을 끝마칠 때쯤 두 사람의 얼굴은 눈물로 범벅이 되어 있었다. 주위에 있던 신하들도 같이 울기 시작했다.

유비는 침대를 붙잡고 일어나 앉은 후 종이와 붓을 가져오게 하여 태자 유선에게 제위를 잇게 한다는 조서를 써서 공명에게 주었다. 공명은 눈물을 참으며 조서를 받았다.

이어서 유비는 조운을 바라보며 말했다.

"자네와 나는 싸움터에서 죽음을 무릅쓰고 이십여 년간 같이 고생했네. 내가 죽거든 내 얼굴을 봐서 처음의 마음으로 승상을 도와 어린 군주를 잘 보살펴 주시게."

조운은 가슴이 아파 말문이 막혀서 그냥 고개만 끄덕여 대답했다.

이때 유비는 숨이 곧 끊어질 듯한 목소리로 공명을 가까이 오게 하여 눈물을 흘리며 아주 작은 목소리로 말했다.

"내가 마음 속에 담아두고 있던 말을 몇마디 하겠소."

"전하, 말씀하십시오."

"승상의 지혜는 조비와 손권보다 뛰어나십니다. 승상께서 촉국을 다스려 더욱 흥하게 해야합니다. 아두는 나이가 어려 아직 세상 물정을 모릅니다. 또한 나중에 어떤 사람이 될지도 아직 아무도 알 수가 없습니다. 만약 제왕의 그릇이 될만하면 정성껏 그를 도와주시고, 만약 그렇지 못하다면 승상께서 대를 이어 전국의 백성들을 편하게 해주시오."

공명은 이 말을 듣고 놀라 급하게 바닥에 무릎꿇고 머리를 조아리며 온 힘을 다해 작은 황제를 돕겠다고 맹세했다. 유비는 감동을 받아 옆에 있는 사람들에게 공명을 일으키게 했다.

유비는 또 유영, 유리를 침대 곁으로 불러 그들에게 말했다.

"이후에 너희 형제는 승상을 친아버지처럼 모셔야 하고 절대로 그의 말씀을 거역해서는 안 된다."

이렇게 말하고 두 사람에게 무릎 꿇고 아버지를 받드는 마음으로 공명에게 절을 하게 하여 세 사람은 머리 숙여 예를 갖췄다.

그런 후 유비는 깊이 한숨을 들이쉬고는 사람들을 향해 말했다.

"나머지 분들에게 내가 일일이 고맙다는 말을 다 할 수 없구려. 부디 여러분 스스로 몸을 아끼고 서로 힘을 합쳐 나라 일을 도와주시오."

이렇게 말한 후 숨을 거두었다. 그의 나이 육십삼 세였다.

순간 백제성의 날씨가 나빠지고 모든 신하들과 백성들이 자신의 부모가 죽은 것 같이 슬퍼했다. 또한 그 우는 소리가 멀리 하늘까지 울려 퍼지는 것 같았다.

공명은 백관들과 황제의 관을 들고 성도로 돌아왔다. 태자 유선은 성 밖에서 무릎을 꿇고 슬피 울며 기다리고 있었다.

유비가 남긴 조서를 받은 유선은 백관들 앞에서 진정으로 맹세했다.

"저는 선왕의 조서에 따라 제위에 올라 선왕의 뜻을 이뤄나가겠습니다."

벼슬아치들도 모두 몸과 마음을 다 바쳐 유선에게 충성할 것을 맹세했다.

유선은 황제에 오른 후 곧바로 선제의 유언에 따라 공명을 무향후로 봉하고 벼슬아치들도 각기 벼슬을 올려주고 상을 내렸을 뿐 아니라 대사면을 실시하여 많은 죄수들을 풀어 주었다.

공명은 조서를 받은 후 밤낮을 가리지 않고 나라 일에 온 힘을 다했다. 그가 온 정성을 다해 나라 안팎의 일을 처리하여 나라를 편안하게 하니 국력은 날이 갈수록 강해지고 백성들도 편안하고 즐거운 생활을 할 수 있었다.

이런 일을 하는 동안 남만이 여러 차례 국경을 쳐들어왔다. 그래서 공명은 후주 유선의 허락을 받고 직접 오십만 대군을 이끌고 남쪽을 정리하기 위해 떠났다.

얼마 안 돼 촉군은 익주 남쪽에 군사를 주둔시켰다.

　　만군은 오계봉 정상에 진채를 세우고 산 위로 올라오는 길이 험하기 때문에 절대로 공격해 오지 못할 것이라고 방심하여 아무런 방어도 하지 않고 있었다.

　　그러나 뜻밖에 공명은 어두운 밤을 틈타 산아래 계곡으로 숨어들어 남만의 보초병들을 사로잡아 길을 열고 군대를 두 길로 나눠 적의 진채를

한꺼번에 공격했다. 날이 밝을 때쯤에는 촉군이 이미 큰 승리를 거둔 후
였다.

공명은 사람을 시켜 남만 군사 모두를 풀어주고 술과 음식을 대접하

자 모두들 감사하게 생각하고 떠났다.

남만왕 맹획은 이 소식을 듣고 부끄러운 나머지 화가 나서 바로 다음날 직접 대군을 이끌고 나와 싸움을 걸었다. 그러나 만군은 병법을 잘 모르기 때문에 얼마 버티지 못하고 촉군의 공격에 뿔뿔이 흩어져버렸다.

맹획(孟獲)은 싸움에 진 후, 산 위로 도망쳤으나 길가에 숨어있던 조운에게 사로잡혀 돌아왔다. 공명은 전과 다름없이 포로들을 풀어주게 했다. 게다가 자신이 직접 맹획의 밧줄을 풀어주고 좋은 술과 요리를 대접하며 매우 예의를 갖춰 대했다. 그러나 맹획은 항복하지 않고 또 다시 공격했고 결국 또 다시 실패했다.

이런 식으로 일곱 번의 큰 싸움에서 공명은 일곱 번을 풀어주었다. 결국 맹획은 마음에서 우러나서 촉국에 항복하게 되었다.

이렇게 해서 촉한이 망할 때까지 다시는 남방 국경지역에서 싸움이 일어나지 않았다.

53

공명, 중원으로 향하다

공명은 남방을 평정한 후에도 일을 게을리하지 않았다. 그는 농사일에 관심을 갖고 백성들을 격려했다. 또한 나쁜 관습을 없앴으며 농지세를 조정했다. 이렇게 온 힘을 기울여 조정 일을 지시했다. 그리하여 위 아래가 한마음이 되니 나라가 평안하고 백성들이 풍요로운 생활을 누릴 수 있었다.

한편 위나라에서는 조비의 고질병이 심해져서 끝내 일어나지 못하고 세상을 떠났다. 그의 나이 겨우 마흔이었다.

조예(曹叡)가 조비의 뒤를 이어 위나라의 황제가 되었는데, 그의 나이 열 다섯이었다. 대장군에 조진(曹眞), 진군대장에 진군(陳群), 그리고 무군장군에 사마의를 임명했다.

얼마 후, 이 세 장군 중의 사마의를 표기장군으로 세우고 제독으로 삼아 옹주, 양주의 병력을 거느리게 하고 서량도 지키게 했다.

공명은 사마의가 지혜롭고 평범하지 않은 사람이라는 것을 알고 있었다. 사마의는 군사 전략, 병법에 대해 모르는 것이 없어서 만약 북방을 공격해 통일하려고 한다면 우선 그를 없애야 한다고 생각했다. 이렇게 해서 반간계(反間計)를 이용해 그들 군신간의 관계를 갈라놓기로 했다.

얼마 후, 위국의 거리 여기 저기에는 사마의가 옹, 양 두 주의 병력을 이용해서 조조의 셋째 아들 조식(曹植)을 제위시키려 한다는 소문이 돌았다. 또 조위 삼대의 죄를 나열하여 조정에 반대한다는 거침없는 방문이 여기저기 나붙었다.

소문은 매우 빨리 퍼져 궁궐까지 들어와 조예에게까지 알려지게 되었고, 사마의는 관직을 빼앗기고 먼 지방으로 귀양에 처해졌다.

공명은 이 소식을 전해듣고 곧바로 북방을 정벌하겠다는 표문을 올렸다. 후주는 원래 공명에게 단념하라고 설득하려 했었다. 그러나 마땅한 방법이 없어 어쩔 수 없이 그를 평북 대도독으로 봉하고 날을 택해 출발하도록 했다.

촉군의 투지는 하늘을 찌를 듯 드높아 한번에 남안성, 안정성, 천수성을 차지하고, 강유(姜維)까지 항복해오자 그 명성과 위엄을 크게 떨치며 곧바로 기산으로 나아갔다.

위군이 계속 싸움에 지자 위나라 조정은 놀라 어떻게 해야 할 지를 몰랐다. 이때 태부 종요(鍾繇)가 사마의를 다시 쓰도록 청했다. 이렇게 해서 먼 곳으로 귀양을 가 있던 사마의는 관직을 다시 받고 서평 도독이 되었다. 그는 곧바로 남양의 병력을 모아 장합을 선봉 대장으로 하여 이십만 대군을 이끌고 장안관으로 떠났다.

사마의는 정말 대단한 인물이었다. 한눈에 공명의 약점을 알아차리고 장합에게 말했다.

"공명은 매우 신중하게 군사를 부리기 때문에 반드시 확실한 곳을 정한 후에야 움직일 것이오. 나는 군사를 세 길로 나누고 가장 중요한 지역인 이곳을……."

그는 지도에서 가정이라는 곳을 가리키며 말했다.

"이곳이 한중의 가장 중요한 곳이오. 이곳만 차지한다면 촉군은 군량 운반선이 끊어져 물러날 수밖에 없을 것이오."

이렇게 해서 대군은 자신만만하게 가정으로 출발했다.

❋ 이번 북벌 때 조운은 이미 칠순이 넘은 나이였기 때문에 공명은 그가 여유있게 노후를 보낼 수 있도록 그를 부르지 않았다. 조운은 그 사실을 알고 매우 화를 내며 대장부는 반드시 전쟁터에서 죽어야 한다며 출전하겠다고 했다. 공명은 어쩔 수 없이 그를 전군 선봉 대장으로 삼아 출전시켰다. 과연 조운의 실력은 아직 녹슬지 않아 적지 않은 공을 세웠다.
사람이 어떤 일을 하든 마땅히 이래야 하지 않겠는가? 피할 이유를 찾으려 하지 않고 온 힘을 다해 노력한다면 성공은 자연스럽게 눈앞에 보일 것이다.

공명은 이 소식을 듣고 마음속에 어두운 그림자가 드리우는 것 같았다. 그는 좌우 사람들에게 말했다.

"군사를 부릴 때는 빠른 것이 가장 중요한데, 사마의는 그것을 아는구나. 그는 분명 가정이 우리에게 가장 중요하다는 것을 알 것이다. 일이 늦춰지면 좋을 것이 없다. 누가 빨리 그곳으로 가서 지키겠는가?"

그는 주위에 있는 장수들을 둘러보고 신중하게 믿을 만한 사람을 찾았다. 이때 참군 마속(馬謖)이 나서서 말했다.

"승상, 저를 보내 주십시오."

"가정은 가장 중요한 곳이지만 성곽도 없고 땅도 아주 험한 곳인데, 잘 지켜낼 수 있겠소?"

공명은 불안하다는 듯 물었다.

마속은 자신만만하게 대답했다.

"저는 어려서부터 병서를 많이 읽어 병법에 밝습니다. 만약 가정 하나도 지켜내지 못한다면 어디든 지켜 낼 수 있겠습니까!"

"사마의와 장합은 모두 예사로운 사람이 아닌데, 정말 잘 지켜 낼 자신이 있는가?"

마속은 공명이 망설이는 것을 보고 그 자리에서 가족들의 목숨을 담보로 군령장을 썼다. 공명은 마속의 확고한 모습을 보자 정예부대 이만 오천을 그에게 떼어주지 않을 수 없었다.

공명은 그래도 아직 마음이 놓이지 않아 장군 왕평에게 명령했다.

"자네는 평소 모든 일에 신중하여 쉽게 행동하지 않는다는 것을 잘 알고 있소. 그래서 내가 특히 장군을 마속의 부장으로 삼으니 마속을 도와서 가정을 잘 지켜주었으면 하오."

이어서 그는 또 가정 부근의 지도를 펴고 어떤 위치에 있는 지 자세히 설명해 주었다. 그리고 다시 한 번 절대 장안을 공격하려하지 말고 가정을 지키면서 적군이 한 발자국도 넘어서지 못하게 하는 것이 가장 중요한 임무라고 신신 당부를 했다.

마속과 왕평(王平)이 떠난 후 공명은 다시 고상(高翔)을 불렀다.

"자네는 곧바로 가정 동북 쪽에 있는 열류성으로 가 머물러 있다가 만약 가정이 위험에 빠지면 곧바로 가서 도와 주어라."

공명은 고상이 장합의 상대가 되지 못한다고 생각해 다시 위연을 가정 뒤편으로 보내 머물러 있게 했다. 그밖에 또 조운과 등지(鄧芝)에게 각각 기곡 쪽을 돌보게 했다.

마속은 가정에 도착해서 먼저 각지의 지세를 살폈다. 다 돌아본 후, 하늘을 보며 크게 웃었다.

"승상께서 걱정이 지나치셨구나. 이곳은 조금 험하지만 좁은 길에 불과한데 뭐 그리 중요한 곳이라고 하셨는지. 위국의 대군이 어떻게 이런 길로 들어올 수 있단 말인가?"

이렇게 하여 그는 산 위에 진지를 세우게 했다. 그러나 곧 부장 왕평이 반대했다.

"승상께서 각 산간 입구를 막아 위군의 공격을 방어하라고 명령하셨습니다. 만약 산 위에 진지를 세운다면 오히려 적군에게 포위될 수 있습니다."

그러나 마속은 전혀 들으려 하지 않았다. 왕평은 어쩔 수 없이 군사 오천을 데리고 산 아래에 진채를 세우고 배치도를 그려 급히 공명에게

보냈다.

마속은 진지를 세운 다음, 산기슭으로 가서 상황을 살폈다. 그리고 왕평이 산 아래에 세운 진채를 못마땅해 했다.

"왕평, 이 사람은 도대체 나의 지시를 들으려 하지 않는군! 이 싸움에서 이긴 후 나는 반드시 승상 앞에서 그가 군법을 따르지 않고 자기 마음대로 행동한 것을 알려 죗값을 치르게 하겠다!"

사흘째 되는 날, 고상과 위연이 연이어 가정 부근에 도착하여 그곳을 지키고 있었다. 한편 마속은 날이 갈수록 더욱 자신만만해져서 말했다.

"위군, 감히 올라오려면 올라와 보아라, 한번 올라오면 절대로 못 내려

가게 해주겠다."

그때 사마의는 아직 가정에 도착하지 못한 상태였는데, 가정에 이미 촉군의 깃발이 날리고 있다는 소식을 듣고 감탄하지 않을 수 없었다.

"공명은 과연 명성 그대로구나, 우리가 또 한발 늦었구나!"

사마의는 곧바로 사마소(司馬昭)를 보내 적의 상태를 알아보게 했다. 사마소는 촉군의 군사 배치를 알아보고 기쁨을 감추지 못하며 급히 돌아와 아버지 사마의에게 알렸다.

사마의는 손뼉까지 치며 기뻐서 말했다.

작은 자료실

❀ **마속(馬謖)**

자는 유상, 양양 의성 사람으로 마량의 동생이다. 공명은 마량과 친분이 매우 깊어 마속을 제자나 아들처럼 대했다. 더구나 마속은 재주가 매우 뛰어나고 병법에도 익숙했다. 그래서 공명의 총애를 받아 가정을 지키는 아주 중요한 임무를 맡게 되었다.

그러나 마속은 젊은 혈기로 너무 자만한 나머지 공명의 명령에 따르지 않아 가정같이 중요한 곳을 빼앗겨 버려 촉군이 전쟁에서 크게 지게 만들었다. 공명은 가슴이 아팠지만 그의 목을 베어 군율을 세울 수 밖에 없었다.

"미련한 것. 그를 이기는 것은 시간 문제로구나! 공명아, 공명아, 너도 말에서 떨어질 때가 있단 말이냐? 정말 하늘이 나를 돕는구나, 하늘이 나를 도와!"

사마의는 곧바로 장합을 시켜 산 아래에 있는 왕평을 공격하게 하여 왕평이 마속을 돕지 못하게 했다.

이어서 자신이 직접 신탐(申耽)과 신의(申儀)을 데리고 가서 산의 수맥을 끊어버려 산 위에 있는 병사들의 싸울 힘을 잃게 했다.

그러나 마속은 보통 때와 같이 아무런 걱정 없이 지내면서 무슨 일이 벌어지고 있는 지 조차 전혀 알지 못했다.

다음날 아침, 사마의는 직접 위국의 대군을 이끌고 가서 가정의 산기슭을 층층이 둘러싸기 시작했다. 그러나 병사들에게 북을 치고 소리를 지르게 할 뿐 공격은 하지 못하게 했다.

마속은 적군이 자신을 두려워한다고 생각해 더욱 자만하여 '산을 내려가긴 쉽지만 오르기는 어렵다' 는 것을 까맣게 잊고 마치 바퀴가 굴러가듯 산 아래로 뛰어내려갔다.

두 군의 싸움이 시작되자 마속이 앞장서서 위나라 장군 두 명의 목을 베어 촉군은 큰 승리를 거두게 되었다. 그러나 촉군 병사의 대부분은 싸움에서 많은 힘을 이미 써버린 상태였고 다시 산 위에 있는 진지로 돌아가기위해 한참의 시간이 걸렸다. 이렇게 기진맥진해진 많은 병사들은 뒤쫓아오던 적병들에게 죽음을 당했다.

그러나 마속은 처음에 거둔 승리만 생각하고 자신있게 외쳤다.

"오늘의 싸움은 우리가 크게 이겼다."

마속은 이것이 바로 자신을 자만하게 만들어 방어를 게을리하게 하는 적군의 계략이었다는 것을 전혀 생각하지도 못했다.

날이 어두워져서야 한 병사가 급히 달려와 알렸다.

"물길이 위군에 의해 완전히 막혀버렸습니다."

"뭐라고? 어떻게 그럴 수 있단 말이냐?"

마속이 잘못을 깨달았을 때는 이미 늦은 후였다. 며칠 동안 계속 물길을 찾기 위해 군사들을 보내야 했다. 그렇지 않으면 모두 죽을 수밖에 없는 상황이었기 때문이다. 그러나 매번 아무런 성과 없이 큰 손실만 입고 돌아왔다.

며칠이 더 지나자 병사들은 물이 없어 힘들어하기 시작했다. 밥 지을 물도 없거니와 먹을 물도 문제였다. 배고프고 목마름을 참지 못한 많은 병사들이 밤 몰래 위군으로 가서 항복해 버렸다. 마속은 막아보려고 했지만 막을 방법이 없었다.

생각 해보기

❋ 사람은 사심을 버리기 힘들다. 그러나 지도자들은 반드시 사리사욕을 버리고 공정해야한다.

공명은 마속을 크게 키우고 싶어했지만, 마속은 이길 수 있는 까움에서 패하고 말았다. 공명은 군기를 세우기 위해 눈물을 머금고 마속의 목을 베었지만, 이미 벌어진 일에는 아무런 도움이 되지 않았다. 총명하고 냉정한 공명조차도 이런 실수를 저질렀다는 것에 우리는 놀라지 않을 수 없다.

이때 사마의가 소리쳤다.

"이제 시간이 되었다. 공격!"

드디어 위군이 전면적인 공격을 시작했다.

마속은 물 밀듯이 몰려오는 적군 앞에서 지난 일을 후회했지만, 온 힘을 다해 적군에 맞서는 수밖에 방법이 달리 없었다. 뒤쪽을 책임지던 고상과 위연이 곧바로 도우려 왔지만, 도중에 사마소의 복병을 만나 한바탕 큰 싸움을 치르게 되었다.

바로 이때, 산 아래쪽에 있던 왕평이 겨우 적군을 뚫고 위연과 고상을 만났다. 두 군의 병마는 이리저리 뒤섞여 밤늦게까지 산 속과 벌판에서 밀었다 당겼다 하는 싸움을 벌였다. 병사들의 수에 상관없이 위군이 우세를 차지했다.

촉군의 장수들에 대해서 말하자면, 하늘 아래 그들만한 맹장도 없었다. 그러나 위군의 전술이 매우 뛰어났기 때문에 촉군의 맹장들이 죽을 힘을 다해 싸워도 싸움에서 밀릴 수 밖에 없었다.

비록 왕평, 위연 그리고 고상이 피투성이가 되면서까지 마속을 도우려고 노력했지만, 마속의 군대는 여러 날 밥은 커녕 물도 못 먹는 고통을 겪고 있었다. 물 한 방울 구할 수 없고 식량도 찾을 길이 없어 며칠 동안 아무 것도 못 먹으니 싸울 의욕도 점차 사라졌다. 그래서 군사들은 위군의 사냥감이 되어 정신 없이 도망치고 또는 생포되었다.

54

공성계로 적을 물리치다

공명은 왕평이 보낸 가정의 군사 배치도를 보고 너무 놀라 마속의 행동에 화를 냈다.

"마속아, 마속아! 내가 그렇게 두 번 세 번 경고를 했건만 너는 도대체……."

장사 양의가 급하게 말했다.

"지금이라도 급히 승상의 명령을 전한다면 새로 군사를 배치할 것입니다."

아쉽게도 양의가 출발하기 전에 잇달아 가정과 열류성이 모두 적의 손에 떨어졌다는 소식이 전해져 왔다. 공명은 눈물을 흘리며 계속 한숨만 쉬었다.

"모든 일이 끝이구나! 모든 일이 끝이야!"

그는 급히 관흥과 장포에게 말했다.

"너희들은 각각 삼천 군마를 이끌고 무공산으로 가라. 만약 적들이 나타나면 공격하지 말고 북소리와 함성소리만으로 적을 겁주면 된다. 또한 적군들이 도망쳐도 절대 뒤쫓지 말고 적들이 완전히 사라지거든 곧바로 양평관으로 들어가라."

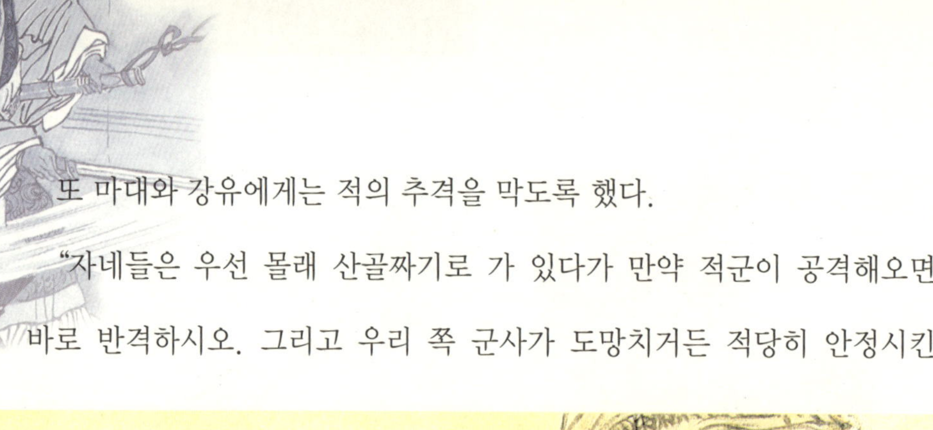

또 마대와 강유에게는 적의 추격을 막도록 했다.

"자네들은 우선 몰래 산골짜기로 가 있다가 만약 적군이 공격해오면 바로 반격하시오. 그리고 우리 쪽 군사가 도망치거든 적당히 안정시킨

후 때를 봐서 양평관으로 가도록 하시오.”

그러곤 옆에 있는 몇몇을 보고 깊이 한숨을 쉬며 말했다.

“우리는 군사를 물려야겠다.”

이때 공명에게는 겨우 오천여 명의 병사만 남아 있었다. 그는 이들을 이끌고 비축해 놓았던 군량을 안전한 곳으로 옮기기 위해 서성현으로 떠났다.

이때 정탐꾼이 놀라운 소식을 전해왔다. 사마의의 대군이 서성으로 오고 있다는 것이었다.

사람들은 이 소식을 듣고 놀라 얼굴색이 변했다. 공명도 예외는 아니었다. 그는 사마의의 군사부리는 솜씨가 이 정도로 귀신같을 줄은 생각지도 못했다.

자신의 주위를 둘러보니 쓸만한 대장들은 모두 각지로 보내 버려 몇 안 되는 문관들만이 남아 있었다. 게다가 이미 반 정도의 군사는 군량을 운반하러 출발했고 성안에는 겨우 이천여 명의 군사만 남아 있었다.

“어떻게 하면 좋단 말인가? 피할 방법이 없구나!”

공명이 좌우를 살피며 깊은 생각에 빠져있다가 갑자기 얼굴에 웃음을 띠더니 침착하게 말했다.

“모두들 너무 놀라지 마시오. 공명의 마음속엔 이미 백만 명의 훌륭한 병사들이 들어 있소! 사방의 성문을 모조리 열어라!”

사람들은 이 소리를 듣고 모두 놀라 서로 쳐다보기만 할 뿐 감히 성문을 열려고 하지 않았다.

"성문을 열어라. 내게 다 계책이 있느니라."

공명이 단호하게 말했다.

"지금 바로 성문마다 군사 스무 명씩을 가려 뽑아 일반 백성처럼 꾸민 다음, 성문 앞에서 청소를 하고 있는 것처럼 하라. 주의할 점은 모두 편안하고 한가로워 보이도록 해야 한다."

모두들 이상하게 생각되었지만 공명은 계속 명령을 내렸다.

"성문을 지키는 병사들은 듣거라. 너희들은 문 앞에서 쉬고 있으면서 만약 적군이 다가오면 졸고 있는 척하고 어떠한 방어도 하지 말도록 하라."

이어서 그는 한 아이에게 말했다.

"너는 거문고를 가지고 나와라."

곧바로 동자 두어 명에게 성에서 가장 높은 곳으로 올라가게 하고 사방의 칸막이를 모두 없애게 했다.

그렇게 하고는 침착하게 향을 피우고 난 후, 마치 신선처럼 한가로이 거문고를 뜯기 시작했다. 맑고 은은한 거문고 소리가 조용했던 성 곳곳에 천천히 퍼져나가 사방에 거문고 소리만 남아있는 것 같았다.

위군의 정탐병은 이미 성 밑까지 왔다. 그들은 멀리서 예사롭지 않게

조용하고 괴이한 현상을 지켜 보았다. 아무도 공명이 무슨 꿍꿍이가 있는지, 혹 계략이 숨겨져 있지나 않은지 알 수 없어 서로 쳐다만 보다가 급히 사마의에게 알렸다.

"뭐라고? 누가 성루 위에서 거문고를 뜯고 있다고? 믿을 수 없구나!"

사마의는 군사들을 멈추게 하고 성 밑으로 가서 살폈다.

"어, 저 사람은 제갈량이 아니냐?"

산들 바람이 시원하게 불어오는 성루 위에

서 입가에 웃음을 띠고 거문고를 뜯고 있는 공명의 모습은 너무나 침착하고 여유로와 마치 신선과도 같아 보였다.

그의 왼쪽에 앉아 있는 아이는 보검을 쥐고 있고 오른쪽에 있는 아이는 먼지떨이를 들고 있었다. 이러한 풍경은 지금 그들이 싸움터에 있다는 사실조차 잊어버리게 할 정도로 평온해 보였다.

더욱 특이한 것은 거문고 소리인데 맑고 은은한 것이 마치 자연계의 소리 같았다. 바람을 타고 투명한 하늘로 전해져와 다시 공기를 뚫고 들판에 있는 병사들의 귀에 전해졌다. 마치 마술과도 같이 고향 생각을 일으키고 예전에 느껴보지 못했던 편안함을 느끼게 하였고 집안의 따뜻한 이불 속에 있는 것 같아 한숨 자고 싶다는 생각마저 들었다.

정말 보아하니 성문을 지키는 병사들은 깊이 잠들어 있고 성 전체가 죽은 듯이 조용한 것이 마치 모두들 꿈나라로 빠져든 것 같았다. 아직 잠들지 않은 노인들은 열심히 청소를 하고 있었는데, 이렇게 말하는 것 같아 보였다.

"어서 오세요. 어서 오세요. 들어오셔서 쉬었다 가십시오!"

사마의는 멍하니 앞에 보이는 이상한 광경을 보며 한참 동안 아무 말도 못했다.

한참 후에 그는 사람들을 꿈에서 깨우는 것처럼 갑자기 말채찍을 휘두르며 급히 군사를 물리라고 명령을 내렸다.

"후퇴한다! 후퇴한다! 후군은 전군이 되고 전군은 후군이 된다. 전군 모두 후퇴한다!"

그의 목소리에는 당황한 기색이 역력했다.

둘째 아들 사마소가 가까이 와서 이상하다는 듯 물었다.

"아버님, 갑자기 왜 후퇴하시려고 하십니까? 아마 제갈공명은 성 안이 비어 있고 군사력도 없기 때문에 우리가 무서워서 이런 황당한 일을 벌여 놓고 우리를 놀라게 하려는 것이 아닐까요?"

> ### 생각 해보기
>
> ❈ 겨우 이 삼천 명의 병사로 십오만 대군에 맞서다니, 어떻게 그럴 수 있단 말인가! 누구라도 두려움에 온몸이 떨려 반드시 문을 활짝 열고 항복했을 것이다.
> 그러나 공명은 해냈다! 그는 병사를 한 명도 잃지 않고 위군을 쫓아 버렸다. 역사상 거의 없는 일이고 이후에도 있을 수 없는 일을 해냈다!
> 이것은 모두 위험이 닥쳐도 놀라지 않으며, 적을 잘 알고, 죽어도 물러서지 않겠다는 결심이 있었기 때문이다.

"네가 무엇을 안다고 그렇게 말하느냐! 제갈 공명은 언제나 행동이 신중하기 때문에 모험같은 것은 하지 않는 사람이다. 만약 우리가 공격해 들어간다면 분명히 그의 계략에 넘어가는 것이다."

"우리가 만약 이렇게 군사를 물린다면 지금까지의 공이 모두 수포로 돌아가는 것이 아닙니까?"

사마의는 못 참겠다는 듯 말했다.

"당연히 나도 알고 있다.

그러나 지금 무작정 공격한다면

우리는 그들의 꾀임에 빠질 것이다.

우선 후퇴한 후 다시 의논하자!"

위국의 십 오만 대군은 이렇게 후퇴했다.

사람들은 모두들 어떻게 된 일인지 알수가 없어 공명에게 물었다.

공명은 웃으며 말했다.

"사마의는 내가 항상 신중히 행동한다는 것을 알고 있기 때문에 내가

쉽게 모험을 하지 않을 것이라고 생각한 것이다. 그래서 이번에도 반드

시 계략이 있을 것이라고 생각하고 후퇴를 결정한 것이다. 사실 나는 위험을 피하는 편이지만 이번에는 한번 모험을 해 본 것이다."

"만일 사마의가 돌아가다가 생각이 바뀌어 다시 돌아와서 성을 공격한다면 어떻게 합니까?"

어떤 이가 물었다.

"그래서 내가 관흥과 장포를 산 아래에 숨어 있게 한 것이다. 사마의는 반드시 산 북쪽으로 가서 우리 군을 만날 것이다. 그는 또 매복을 만날까 두려워 싸우려 하지 않을 것이다. 내 계획이 맞아떨어진다면 이번 공격으로 그들은 많은 손실을 입고 장안으로까지 후퇴해야 할 것이다."

이렇게 해서 공명 일행은 아무런 피해없이 한중으로 돌아왔다. 한중으로 돌아와서 그는 곧바로 기곡을 지키고 있는 조운과 등지에게 글을 보내 빨리 한중으로 돌아오게 했다.

한편 사마의는 과연 공명의 예측대로 산 북쪽 작은 길을 따라 후퇴하고 있었다.

그들이 골짜기에 도착했을 때 갑자기 산비탈 뒤쪽에서 하늘을 찌르고 땅을 뒤흔들 것 같은 함성소리와 귀청이 떨어져 나갈 듯한 북소리가 '둥! 둥! 둥!' 들려왔다.

사마의는 두 아들을 돌아보며 말했다.

"보아라, 내 말이 맞지 않느냐. 공명은 반드시 병사들을 숨겨 놓았을 것이다. 만약에 계속 들어갔다면 우리는 계책에 넘어갔을 것이다!"

"아버님의 말씀이 맞습니다. 지금 들리는 함성과 북소리는 아마 몇 백 만 병마의 소리는 되는 것 같습니다."

큰 아들 사마사가 말했다.

과연 큰길에는 한 부대가 큰 기를 앞세우며 다가오고 있었는데 그 깃발에는 '호익장군 장포'라고 크게 쓰여있었다. 생각지도 못했던 위군은 어쩔 줄 몰라 이리저리 뛰며 목숨을 건지기 위해 멀리 멀리 도망쳤다.

뜻밖에 반 리도 가지 못해 산골짜기 중간에 또 한 부대의 함성이 전해 왔다. 북 치는 소리와 사람들의 함성이 산골짜기에서 들려오는 소리와 뒤섞여 온 산과 골짜기에 가득해서 실제로 얼마나 많은 병력이 있는지 알아낼 방법이 없었다. 항상 냉정했던 사마의도 이번에는 정신이 혼란해져 초목들이 모두 병사로 보였다.

"아버님, 적군이 이곳 저곳에서 나타나고 있습니다. 마치 산골짜기 어딘가에 숨어있는 것 같습니다. 도대체 얼마나 되는지, 그리고 또 앞쪽에 얼마나 더 있는지 알 수가 없습니다."

사마사가 부들부들 떨면서 말했다.

사마의도 그렇게 생각하고 고개를 끄덕이며 사람들에게 신신당부했다.

"적은 숨어 있고 우리는 드러나 있다. 모두들 조심해야 한다."

이때 앞쪽 산길에 또 '용양장군 관흥'이라고 수 놓아진 큰 기가 휘날리는 게 보였다.

사마의와 위군 장수들 그리고 병사들은 감히 나서지 못하고 급히 군수

품과 무기, 하물며 자신이 가지고 다니던 식량까지 던져 버리고 앞다투

어 가정으로 도망쳤다.

관흥과 장포는 공명의 명령에 따라 뒤쫓지않고 수많은 군수품과 식량들을 모아 양평관으로 돌아왔다.

한편, 기산에 있던 위의 장군 조진은 공명이 군사를 물린다는 소식을 듣고 군심이 일어나기 시작했다. 또한 뒤쫓아 공격하고 싶어하는 장수들이 계속 명령을 내려주길 바랬다.

이렇게 해서 조진은 대군을 이끌고 뒤쫓기 시작했다.

그런데 얼마 가지 않아 산 뒤쪽에서 포향 소리가 들려오더니 촉군이 산 이곳 저곳에서 갑자기 공격해왔다. 앞장선 대장은 강유와 마대였다.

두 군이 맞붙은지 얼마 되지 않아 마대가 앞으로 나아가 위군의 선봉 대장의 목을 베자 나머지 병사들은 모두 놀라 더 이상 앞으로 나아가려 하지 않았다.

촉군은 아무런 방해도 받지 않고 나아가 허겁지겁 도망치고 있는 조진을 죽이고 이번 싸움에 크게 승리하여 한중으로 돌아왔다.

사마의는 촉군이 모두 한중으로 돌아갔다는 소리를 듣고 이상하다는 생각이 들어 몇몇 병사를 데리고 다시 서성으로 가 보았다.

그곳에서 오래 산 백성들의 말을 듣고서야 당시 공명은 이천여 명의 병사들 밖에 없었고, 관흥, 장포도 삼천여 명 정도 밖에 안 되었는데 산에서 울리는 함성소리에 겁이 나서 싸워보지도 못했던 것을 알게되었다.

사마의는 너무나 후회스러워 하늘을 향해 길게 한숨지을 뿐이었다.

"나는 정말 공명의 상대가 안 되는구나!"

사마의는 그곳 백성들을 안정시킨 후, 군사를 돌려 장안으로 돌아와 위왕의 칭찬을 들었다.

그러나 공명은 처음으로 나간 북벌에서의 첫 싸움은 승리하였으나 가정 싸움은 패하고 말아 풀이 죽어 돌아왔다.

55

다시 한번 출사표를 내다

지금까지 예리함이 신과 같아 모든 일을 다 꿰뚫어 보던 공명도 이번에는 마속을 너무 크게 쓰는 바람에 일을 그르치게 되었다. 마속은 너무 거만해져서 제멋대로 행동하여 이길 수 있는 싸움을 패하게 만들었다.

공명은 깊이 후회가 되고 가슴이 아팠지만 군율을 엄하게 지키기 위해 마속을 사형에 처했다. 뿐만 아니라 사람을 잘 쓰지 못한 자신의 죄와 싸움에서 이기지 못한 죄를 벌해 달라는 내용의 표문을 올렸다.

후주는 어쩔 수 없이 조서를 내려 공명을 승상의 직책에서 우장군으로 내렸지만 군사를 그대로 감독하게 하고 승상의 직무도 그대로 맡게 했다. 이런 일이 있은 후, 공명은 한중을 지키면서 온 힘을 다해 무기를 준비하고 군량을 모으며 다시 한번 공격할 기회를 준비했다.

얼마 되지 않아 동오는 위국이 큰 승리를 얻은 것을 틈타 방어가 소홀해졌을 것이라 생각하고 반간계를 이용해서 위군을 깊숙이 끌어들여 크

게 물리쳤다.

이때 한중은 공명의 노력으로 병력이 강해지고 군량도 충분해졌다.

동오가 위군을 크게 이겼다는 소식을 듣자 공명은 다시 한번 출전하고 싶은 생각이 들었다. 그래서 장수들을 모아 연회를 열어서 자신의 출전 계획을 상의했다.

이야기꽃이 한참 무르익을 때쯤 갑자기 미친 듯이 바람이 불더니 대청

앞에 있던 소나무의 허리가 바람에 끊어져 사람들을 놀라게 했다.

공명은 곧바로 손꼽아 헤아려보고는 눈썹을 찌푸리고 한숨을 내쉬며 말했다.

"소나무가 잘리다니 이것은 분명히 불길한 징조다! 장군 한 명을 잃게 될 것 같구나."

이때 시종이 들어와 알렸다.

"진남 장군의 큰아들 조통(趙統)과 둘째 아들 조광(趙廣)이 찾아왔습니다."

"아!"

공명은 이 말을 듣자마자 얼굴색이 확 변했다.

과연 조통 형제는 어제 저녁 조운이 병세가 심해져 죽었다는 소식을 전했다.

공명은 슬픔을 참지 못하고 울면서 말했다.

"자룡이 병으로 죽었으니 우리나라는 훌륭한 장수 한 명을 잃었구나, 나 또한 한 팔을 잃은 것 같구나!"

조통 형제가 급히 성도로 가서 조운이 죽었다는 소식을 전하자 후주는 더욱 크게 울었다.

"만약 자룡이 예전에 목숨을 걸고 나를 구해주지 않았다면 나는 일찍 이 싸움터에서 죽고 오늘과 같은 날이 없었을 것이다!"

이렇게 말하고 곧바로 조서를 내려 조운을 대장군으로 벼슬을 높이고 시호를 순평후로 봉한 후, 금병산에서 장사를 지내고 묘당을 세워 제사 지내게 했다. 또한 조통을 호분중랑장으로, 조광은 아문장으로 삼아 조운의 묘를 지키게 했다.

후주는 공명이 다시 위나라와 싸울 준비를 한다는 소식을 들었다. 가정 싸움에서 진 지 일 년도 안되었는데 다시 군사를 일으킨다면 나라가 불안해지지 않을까 하는 걱정에 감히 출병을 허락하지 못하고 망설이고 있었다.

한편, 공명은 지금 상황과 군사를 일으켜야 할 이유를 표문에 자세히 적어 양의를 시켜 후주께 전하게 했다. 후주는 표문을 읽고 매우 감동 받아 결국 공명의 출전을 허락했다.

공명은 후주의 뜻을 전해들은 후 곧바로 각 진영의 장수들과 삼십만 정예부대를 모아 위연을 선봉부대의 총독으로 삼고 진창으로 나아갔다.

위나라는 일찍이 이런 일을 대비하여 가정에서 승리한 후, 학소에게 진창(陳倉)에 성을 세워 지키게 했다. 진창은 지형이 험해 지키기는 쉬우나 공격하기는 어려운 곳이어서 촉군은 한참동안 공격도 못해보고 결국 공명은 강유의 뜻에 따라 기산으로 가서 위군을 공격하기로 했다. 그러나 군량이 모자라 어쩔 수 없이 한중으로 돌아와야 했다.

얼마 안 돼 진창을 지키고 있던 학소가 병으로 죽자 공명은 곧바로 병사를 세 길로 나눠 기산으로 출발했다. 이번에는 쉽게 공격할 수 있었다. 이어서 강유와 위연을 산관으로 보내 음평과 무도 두 군을 공격했다.

이때 동오의 손권이 황제에 오르고 촉군의 부탁을 받아 공격해 온다는 소식을 전해들은 위국은 지금까지 없었던 긴장상태에 빠졌다. 조예는 곧바로 사마의를 보내 조진 대도독의 직책을 대신하게 하여 기산으로 가서 공명의 공격을 막도록 하였다.

사마의가 비록 세상에서 알아주는 인재라지만 공명과는 비교가 안되었다. 그래서 그의 계책은 매번 공명에게 꿰뚫려 십여 만의 정예부대가 계속 싸움에서 졌다.

사마의는 화가 나서 얼굴색이 창백해지고 공명이 원망스러웠지만 한편으론 공명의 계책에 감탄하지 않을 수 없었다.

몇 번의 싸움에서 촉군의 연이은 승리로 군사들의 사기가 높아져 갔다. 후주는 조서를 보내 공명에게 승상의 직책을 다시 내렸다.

한편 위군은 깃발을 내리고 북을 멈춘 후 절대로 싸우려 하지 않았다. 양쪽이 이렇게 반달 정도 싸움 없이 맞서고만 있게 되자 공명 쪽에서는 군량을 계속 대기가 힘들어서 돌아갈 수 밖에 없었다.

이런 일이 있은 후 공명이 다시 기산으로 군사를 내어 위군을 공격하자 사마의는 놀라 어찌할 바를 몰랐고, 그러는 사이에 주장인 장합은 이 싸움에서 죽었다.

그러나 이번에도 군량을 옮겨오기 어려워서 다음으로 미루고 다시 군

생각 해보기

✽ 공명은 다섯 번이나 기산으로 출병했지만 아무런 공도 없이 후퇴했다. 아마 어떤 사람은 그가 정말 바보 같다고 생각할 수도 있을 것이다.

성도에서 승상으로서의 편안하고 풍요로운 생활을 한다면 얼마나 좋은가? 그런데 일부러 고생하기 위해 군사를 일으켰을까? 사실, 이것이 바로 공명을 존경하고 또 배워야 할 점이기도 하다.

어려움에 처했을 때 절대로 두려워하고 피하려고만 해서는 안 된다. 그렇지 않으면 영원히 배울 수 없고 아무것도 이룰 수 없게 된다.

사를 물렀다.

몇 번이나 군량 때문에 군사를 물리게 되자 공명은 둔전제를 널리 실시하기로 결정했다. 위수 근처에 현지 백성들의 도움을 받아 황무지를 개간하기 시작해 군과 백성이 수확량을 삼대 칠로 나누기로 하였다.

그밖에 군량을 산으로 옮기는 어려움을 해결하기 위해 공명은 목우와 우마를 만들었다. 그리하여 한 번에 사 오백 근의 식량을 옮길 수 있을 뿐 아니라 하루에 천 리도 이동할 수 있게 되었다. 산을 오르내리는 것이 어렵지 않아지자 병사들의 수고 역시 덜 수 있었다.

건흥 12년, 공명은 다시 군대를 정비하고 강유와 위연을 선봉으로 하여 이회에게 먼저 군량을 싣고 가서 길목에 비축해 두게 하였다. 그리고 자신은 직접 삼십 사만 촉군을 이끌고 서고에서 검각까지 사십 리마다 진채를 지어 각각 병사들을 머물게 하여 위군과 오랫동안 겨룰 준비를 끝냈다.

위나라에서는 공명이 여섯 번째로 기산에 군사를 일으켰다는 소식을 듣고 놀라지 않을 수 없었다. 곧바로 사마의를 불러 대도독으로 삼고 각지의 군사를 마음대로 쓰게 했다.

사마의는 당장 사십만 대군을 모아서 급히 위수 근처에 진채를 세우고 곽회와 손례를 북원으로 보내 깊은 도랑과 높은 보루를 세우게 하여 촉군을 롱서 길에서 막도록 했다.

공명은 이 소식을 듣고 위연과 마대에게 북원을 공격하는 척하게 하다가 몰래 군사를 세 길로 나눠 곧바로 위수에 있는 위군을 공격했다.

작은 자료실

❀ 둔전제 (屯田制)
한나라때, 황무지를 개간하는 제도의 하나이다. 군량의 확보나 또는 직접적인 재원의 확보를 목적으로 하여 군둔(軍屯)과 민둔(民屯), 상둔(商屯)이 집단적으로 투입되어 관유지나 새로 확보한 변방의 영토 등을 경작하는 토지제도이다.

그러나 공명이 아무리 뛰어나다고 하여도 이번에는 사마의가 미리 계획을 알아 차리고 대처하는 바람에 하루 밤 사이에 만여 명의 병사를 잃게 되어 걱정이 이만 저만이 아니었다.

그 날 공명이 장수들과 공격할 방법을 상의하고 있을때, 갑자기 위군의 장수가 항복해 왔다고 알려왔다.

"저 정문은 지금 편장군을 맡고 있으며 위나라 황제의 명령을 받아 진량과 같이 군사를 준비하여 대도독 사마의가 부르기를 기다리고 있었습니다. 그런데 사마의는 사사로운 정에 얽매여 진량을 전장군으로 삼고, 반면 저는 마음대로 부리고 탓하니 제가 어찌 진심으로 따를 수 있겠습니까? 그래서 이렇게 특별히 승상께 항복하기 위해 찾아온 것입니다."

공명은 얼굴에 웃음을 띠고 가볍게 부채질만 할 뿐 아무 말이 없었다. 이때 병사가 장막 안으로 들어와 알렸다.

"진채 밖에 위군 장군이 찾아와 반역자 정문을 부르며 싸움을 걸고 있습니다."

"뭐?"

공명은 눈을 돌리지 않고 계속 정문을 보고 있었다.

정문이 말했다.

"분명히 제가 항복한 것을 사마의가 알고 진량을 보내 저를 죽이려고 하는 것입니다. 제가 지금 나가 그를 죽여 저의 진심을 밝히겠습니다."

정문은 말이 끝나자마자 뒤돌아보지도 않고 말에 올라 싸우러 나갔다.

공명은 직접 장막 밖으로 나가 싸움을 지켜보았는데 정문이 큰 칼을 휘두르며 진량 쪽으로 나아가자 칼을 휘두른 지 두 세 번만에 진량은 목이 달아나 말에서 떨어졌다.

정문이 진량의 목을 가지고 돌아왔을때, 뜻밖에 공명은 얼굴색을 바꾸며 크게 소리쳤다.

"누구 없느냐! 저 첩자를 끌어내 목을 베어라!"

정문은 놀라 바닥에 엎드려 크게 소리쳤다.

"억울합니다! 저는 첩자가 아닙니다. 승상, 오해십니다. 저는 정말 진심으로 항복한 것입니다. 억울합니다!"

공명이 냉정하게 대답했다.

"나는 진량을 알고 있다. 방금 네가 죽인 사람은 그와 닮은 사람일뿐이지 절대로 진량이 아니다. 말해 보아라. 왜 나를 속이려고 했느냐? 사실대로 말하는 것이 좋을 것이다. 그렇다면 목숨만은 살려주겠다!"

정문은 더 이상 속일 수 없다는 것을 알고 사실대로 털어놓고 울면서 용서를 빌었다.

"네가 살 수 있는 방법은 그리 어렵지 않다. 네가 직접 사마의에게 편지를 써라. 그리하여 오늘 저녁, 불빛으로 신호를 보내면 그가 직접 대군을 이끌고 이곳을 공격하게 만들어라. 그러면 너의 목숨을 살려주겠다. 그렇게 해서 사마의를 잡을 수 있게 되면 나는 너의 공을 생각해 나중에 너를 크게 쓰도록 할 것이다."

"알겠습니다. 곧 편지를 쓰도록 하겠습니다."

정문이 정성껏 쓴 편지를 본 공명은 매우 만족스러웠다. 그리고 사람을 시켜 정문을 감옥에 가두게 했다.

"다행히 승상께서 진량을 알고 계셨군요. 하마터면 사마의의 계책에 넘어갈 뻔했습니다!"

한 장군이 말했다.

공명은 '하하하' 웃으며 말했다.

"나는 진량이 어떤 사람인지 전혀 모르오."

"승상께서 진량을 모르신다니, 그게 무슨 말씀이십니까? 그러면 어떻게 아시고……."

장수들은 놀라서 서로 얼굴만 쳐다볼 뿐이었다.

"아주 간단하다. 나는 사마의가 사람을 쓸 때 매우 신중하다는 것을 알

고 있다. 게다가 진량을 선봉
장군으로 내세웠다면 그는 반
드시 무예가 뛰어난 사람일 것
이다. 그런 사람이 어찌 정문
에게 그리 쉽게 죽을 수 있겠
는가? 그래서 분명히 계책이
있을 것이라고 생각했다. 오늘
저녁 우리는 사마의가 직접 찾
아와 함정에 빠지는 것만 기다
리면 된다!"

이 말을 들은 사람들은 공명
의 헤아림에 감탄하지 않을 수
없었다.

공명은 말 잘하고 영리한 군
사 한 명을 뽑아서 자세한 설

❋ 정문이 거짓으로 항복했다는 것
을 알게 된 것은 모두 공명의 날
카로운 관찰과 세밀한 추리에 의
한 것이다. 이것은 우리에게 말해
주는 바가 크다. 즉 어떠한 일을
하든지 조심하고 신중하게 여러
번 보고, 듣고, 생각하여 절대로
경솔하게 행동하지 않아야 한다
는 것이다.
날카로운 관찰은 우리가 소홀히
넘어갈 수 있는 것들을 찾아내게
한다. 치밀한 추리는 일을 체계적
으로 처리할 수 있어 적은 노력으
로 큰 효과를 거둘 수 있다. 또한
이러한 능력은 평소 생활에서 조
금씩 조금씩 쌓아가는 것이지 한
순간에 생겨나는 것이 아니다.

명과 대처 방법을 일러주고 정문이 직접 쓴 편지를 주어 빨리 위군 진영
으로 사마의를 찾아가라고 명령했다.

사마의는 병사에게 여러 가지를 물어보았는데, 그 병사는 하나 하나
막힘 없이 대답을 잘 하였다. 또한 정문이 직접 쓴 편지였기 때문에 사마

의는 의심없이 믿어버렸다. 그러나 사마사가 걱정스러워 말했다.

"편지 한 장을 믿고 적지로 깊이 들어가는 것은 너무 위험한 것 같습니다!"

사마의도 일리가 있다고 생각되어 우선 진량을 선봉으로 보내고 자신은 직접 남은 병사들을 이끌고 후방에서 받쳐주기로 했다.

그날 밤 이경 정도에 먹구름이 깔리고 짙은 안개가 뒤덮이니 손을 내

밀어도 거의 보이지 않을 정도였다.

사마의는 상황이 자신에게 유리해질 것 같다는 생각이 들어 기분이 좋아져서 말했다.

"하늘이 나를 돕는구나! 하늘이 나를 도와!"

그는 곧 병사들에게 아무 말도 하지 말고 조용히 촉군의 직영까지 걷게 했다.

진량은 만여 명의 선봉부대를 이끌고 앞장서서 촉군 진영으로 들어갔다. 그런데 진채는 텅 비어있고 사람의 그림자도 보이지 않았다. 진량은 자신이 적의 계략에 빠진 것을 알고 급히 군사를 물리라는 명령을 내렸다.

이때 갑자기 사방에서 불빛이 비추더니 엄청난 함성 소리와 함께 여기저기에서 많은 촉군들이 뛰쳐나왔다. 진량은 죽을힘을 다해 싸웠지만 촉군의 포위망을 뚫고 나올 수가 없었다.

한편 후방에 있던 사마의는 촉군 진영에서 밝은 불빛이 보이자 이것이 정문의 신호라고 생각하여 급히 병사들을 재촉해 도우러 갔다. 그리고 자신 또한 불빛을 보며 촉군 진영으로 나아갔다.

그런데 갑자기 포향 소리가 들려오면서 위연과 강유가 각각 좌우에서 공격해 왔다. 위군은 싸움에서 크게 지고 많은 병사들이 죽거나 다쳤다. 진량도 이 싸움에서 죽었다. 사마의는 다행히 도망쳐 나와 남은 병사들을 데리고 정신 없이 본채로 도망쳐왔다.

56

교묘한 계책으로 군량을 뺏다

사마의는 적의 진채를 빼앗으려다 실패한 후, 자신의 진채를 굳게 지키고만 있을 뿐 절대 밖으로 나오려고 하지 않았다. 촉군이 욕을 하며 싸움을 걸어도 귀를 막고 듣지 않았다. 촉군 장군은 이렇게 시간만 보내다가 또 다시 군량이 모자라 나가지도 못하고 되돌아가게 되지나 않을까 걱정이 이만저만이 아니었다.

공명은 이런 사람들을 보고 웃으며 말했다.

"여러분, 너무 걱정마시오. 나는 이미 두예(杜叡)와 호충(胡忠)을 시켜 천여 명의 장인들에게 목우와 유마를 서둘러 만들게 했소."

며칠 지나지 않아 목우와 유마가 다 만들어지자 공명은 우장군 고상에게 천여 명의 병사들을 데리고 목우와 유마를 몰고 가서 고람에 있는 군량을 옮겨오게 했다.

이 소식이 위군에게 알려지자 사마의는 너무 놀랐다.

"내가 귀를 막고 굳게 지키고만 있었던 이유는 바로 촉군이 군량을 다 써버리기를 기다린 것이었다. 그런데 공명이 이런 신기한 물건을 만들 줄이야! 이제 어떻게 하면 좋단 말인가?"

사마의는 마음이 조급해져 이리저리 거닐다가 갑자기 무슨 생각이 들었는지 장호(張虎)와 악침에게 가서 목우와 유마를 몇 개 훔쳐오게 했다. 그런 후 백여 명의 솜씨있는 장인을 모아서 목우와 유마를 분해해서 각 부위의 크기와 두께를 자세히 쟀다. 그런 다음 똑같이 만들어서 조합하였더니 과연 공명이 만들었던 목우, 유마와 똑같은 것이 만들어졌다.

며칠이 지난 후, 순찰을 돌던 촉군의 병사가 공명에게 이 소식을 알렸다.

"위군이 우리를 따라 이천 필의 목우와 유마를 만들었습니다. 그래서

지금 진원장군 잠위(岑威)를 시켜 롱서에서 군량을 옮겨오게 했습니다.”

공명은 기뻐하며 급히 왕평을 불러 명령했다.

“자네는 이천 명을 위병으로 분장시켜 밤을 틈타 북원으로 몰래 들어

가 기회를 엿보고 있다가 군량을 보호하고 있는 병사들을 없애고 목우와

유마를 가지고 돌아오라. 그때 반드시 위군이 쫓아 올 것이다. 그러면 너

는 이렇게 저렇게…….”

  이어서 또 장의, 위연, 강유, 요화, 장익 등에게 각자 할 일을 일러주었다.

  한편 왕평은 계획에 따라 한 칼에 잠위를 베어버리고 군량을 옮기는 군사들을 멀리 쫓아 버렸다. 그런 후 병사들을 시켜 목우와 유마를 몰아 돌아왔다. 곽회는 군량을 빼앗겼다는 소식을 듣고 급히 군사들을 이끌고 쫓아가 왕평과 마주치게 되었다. 왕평은 공명이 말해 준대로 병사들에게 목우와 유마의 입속의 혀 부분을 돌린 후 길가에 그대로 내던져 놓고 그냥 물러났다.

  곽회는 급히 물자를 진채로 옮겨야 하는데 혹시 촉군의 매복이 있지나 않을까 걱정이 되어 쫓지는 않고 병사들을 재촉해 급히 목우와 유마를 몰아 진채로 돌아가려고 했다. 그런데 이 목우와 유마들이 조금도 움직이질 않았다!

  곽회는 초조해지면서 화가 났다. 목우와 유마를 이리저리 돌려봤지만 어떻게 해야 좋을지 몰랐다. 그때 갑자기 사방에서 북소리와 함성 소리가 크게 울리기 시작하면서 위연과 강유가 만여 명의 촉군을 이끌고 공격해 왔다.

  계획에 따라 싸우지도 않고 도망쳤던 왕평도 돌아와 위연, 강유와 힘을 합쳤다.

  "대장군, 제 도움이 필요하지 않으신지요?"

왕평이 비웃으며 말했다.

"이런! 내가 속았구나!"

곽회는 온 힘을 다해 맞서 싸웠지만 끝까지 버티지 못하고 얼마 되지 않아 싸움에 지고 도망쳤다.

위연 일행은 곽회가 도망치는 것을 뒤쫓지 않고 강유와 각자 이끌고 온 병사들을 데리고 돌아가고 왕평만이 남아 목우와 유마를 몰고 진채로 돌아왔다. 곽회가 멀리서 지켜보니 왕평이 목우와 유마의 입속에 있는 것을 움직이니 목우와 유마가 다시 제대로 움직이는 것이었다. 그제야 이미 목우와 유마에 계략이 숨어있었던 것을 알게되었다.

곽회는 왕평과 얼마 안 되는 병사만이 남아 있는 것을 보고 다시 돌아가서 목우와 유마를 빼앗아야겠다고 생각했다. 이때 산 뒤쪽에서 갑자기 포향 소리가 들리고 뿌연 연기가 가득해졌다.

연기 사이로 괴물 머리에 짐승의 몸을 한 이상한 색의 한 무리의 괴물들이 걸어나왔다. 한 손에는 수놓아진 깃발을, 다른 한 손에는 예리한 칼을 들고 있었다. 몸 뒤에는 조롱박을 매고 목우와 유마의 뒤를 따르면서 마치 곽희의 군사들을 쫓아버리려는 것 같아 보였다.

원래 이 이상한 괴물들은 공명이 장의와 그의 부하들을 분장시킨 것이었다. 당연히 아무것도 모르는 위군은 너무 놀라 눈을 크게 뜨고 입을 딱 벌리고 서 있는데 옴 몸의 털이 다 솟는 것 같았다. 한참 후에야 어떤 이

가 소리쳤다.

"괴물이다! 괴물이야! 분명히 제갈량이 불렀을 것이다. 정말 무섭게 생겼구나!"

위병들은 놀라서 부들부들 떨며 감히 용기를 내어 알아보러 가지도

못했다.

　이런 일이 있은 후, 제갈량이 귀신을 자유자재로 부릴 수 있다는 소문이 위군에 나돌면서 군심이 크게 흔들리기 시작했다. 사마의가 아무리 엄하게 단속을 해도 사람들의 이런 마음은 막을 수가 없었다.

　어느날 사마의는 병사들을 정비한 다음 명령을 내려 목우와 유마를 다시 훔쳐오려고 했다. 그리고 다시 '이상한 귀신'이 도대체 무엇인지 생각해 보았다.

목우와 유마를 훔치러 가던 병사들은 얼마 나가지 않아 장익과 요화를 맞닥뜨리고 말았다.

"이 못된 도적놈아, 내가 승상의 명을 받들고 여기서 너를 기다린 지 오래다. 오늘은 그냥 살아서 돌아가지 못할 것이다!"

위군들은 이미 공명의 '이상한 괴물'에 놀라 싸울 생각들이 없어진 상태인데다가 이번에 또 용맹함이 비할 데 없는 장익과 요화 두 대장과 맞부딪히자 반 이상이 무기도 버리고 도망쳐 버렸다. 그나마 남은 병사들도 살살 눈치를 보다가 숲속으로 뿔뿔이 흩어져 버렸다. 상황이 이렇게 되자 사마의도 어쩔 수 없이 숲 속으로 숨어 들어가 급히 진채로 도망쳐 왔다.

사마의는 급하게 진채로 돌아온 후 줄곧 마음이 편치 못했다. 그때 마침 위나라 왕 조예가 사자를 보내 동오가 군사를 일으켜 공격해 왔으니 잠시 동안은 촉군과 싸우지 말라는 명령이 내려왔다. 그리하여 사마의는 촉군이 이 틈에 공격을 해올까봐 걱정이 되어 싸우지 않고 성을 굳게 지키기만 하였다. 이렇게 싸우지 않고 세월만 보내고 있으니 장수들의 불만도 점점 커져갔다. 그러나 사마의는 왕의 명령을 따르지 않을 수 없다는 이유를 들어 장수들이 싸우겠다는 말조차 꺼내지 못하게 했다.

공명은 사마의가 싸우려 하지 않자 마대를 몰래 호로곡으로 보내 그곳에 진채를 지어 적에 대비하게 했다. 또 고상에게 매일 이십 명의 병사를 데리고 목우와 유마를 몰아 산 골짜기로 군량을 운반하게 했다.

그리고 만약 위군의 공격을 받으면 군량을 그냥 그들에게 뺏기더라도 내버려두도록 했다. 이어서 또 기산을 지키고 있는 병사들에게 둔전을 다른 곳으로 옮기게 했다.

"만약 위군의 다른 장수들이 공격해오면 당해낼 수 없는 척하고, 사마의가 직접 공격해오면 온 힘을 다해서 싸우라."

공명은 모두에게 명령을 내리고 직접 한 무리의 군마를 이끌고 호로곡의 진채로 갔다.

며칠이 지나자 위군의 몇몇 장수들은 촉군의 욕설과 모욕을 참지 못하여 명령을 어기고 싸움에 나섰다. 결과는 모두 쉽게 이기고 또한 적지 않은 수의 인마를 사로잡고 전리품도 얻었다. 사로잡혀 온 촉군의 병사들에게 사마의가 직접 촉군의 사정을 세세히 물어보았더니 모두들 하는 말이 승상은 이미 호로곡의 진채에 가 계시며 자신들은 승상의 명령을 받고 군량을 호로곡으로 옮기는 중이었다고 대답했다.

이날 사마의는 자신 있게 모든 장수들을 모아놓고 선포했다.

"내일 모든 장수들은 각자 군사를 이끌고 기산을 공격한다. 나는 후방에서 돕겠다."

다음 날 모든 위군이 출동하자 각지에서 농사를 짓던 촉군들이 급히 기산으로 가서 도움을 부탁했다.

　원래 사마의는 후방에서 돕기로 했었지만, 직접 사마사, 사마소 형제를 데리고 호로곡을 공격한 것이다. 입구에서 위연을 만나자 사마의는 창을 뽑아 들고 맞섰다. 위연은 싸움이 점점 불리해지자 골짜기 안으로 들어가 버렸다. 사마의는 사람을 시켜 골짜기 안을 살피게 했다. 알아보

러 갔던 병사가 돌아와 알렸다.

"안쪽에는 창고만 있을 뿐 사람의 그림자 하나 볼 수 없습니다. 아마 다들 도망가 버린 것 같습니다."

사마의는 기분이 좋아져서 자신 있게 말했다.

"이곳은 분명히 촉군이 군량을 쌓아 놓은 곳일 것이다."

이렇게 하여 골짜기 안쪽으로 들어가 군량을 태우게 했다.

골짜기 안으로 들어가서야 사마의는 각 창고 앞에 마른 장작과 쌓여있는 풀 더미가 보이고 유황 냄새도 나는 듯했다. 사마의는 불안한 예감이 들어 급히 후퇴하라는 명령을 내렸다. 바로 그때 산 위에서 갑자기 큰 함성 소리가 들려오더니 수많은 불화살이 날아들고 하늘이 무너지고 땅이

❋ 제갈량은 여섯 번이나 위군을 물리치기 위해 기산으로 군사를 일으켰지만 매번 모두 군량과 물자가 모자라 군사를 되돌려야만 했다. 사마의도 자신의 능력이 제갈량에 미치지 못하는 것을 잘 알고 있었다. 그를 굴복시킬 수 있는 방법은 시간을 끌어서 촉군의 군량이 다하게 하는 것임을 알고 성을 굳게 지킬 뿐 나서려고 하지 않았고 어떤 때는 군량 때문에 싸우기도 했다.

여기에서 우리는 전쟁에서 전선에 있는 장수의 역할을 이해할 수 있다.

또한 모든 국민의 공동 책임이기도 하다. 소위 '나라의 흥망은 일반 백성에게 책임이 있다.'는 말이 있는데 바로 여기에 어울리는 말이다. 그렇기 때문에 전쟁터에서 장수가 얼마나 용감하든지 간에 후방의 든든한 지원이 있어야만 적군을 물리칠 수 있다.

갈라지는 듯한 폭발 소리가 들렸다. 공명이 이미 마대를 시켜 골짜기 안 쪽에 지뢰를 묻어 두게 했던 것이다. 또 큰 돌들이 굴러 내려오니 골짜기 안은 순식간에 불바다가 되어버렸다. 위군은 폭발 때문에 죽고, 불에 타 죽고, 돌에 깔려 죽는 등 수없이 많은 사람들이 죽었고, 아직 살아 남은 사람들도 정신이 없어 자신들끼리 뒤엉키거나 말에 밟혀 죽었다.

사마의 부자 세 사람도 놀라서 어떻게 손쓸 생각도 못하고 부둥켜안고 엉엉 울었다.

"이제 우리 세 부자는 이곳에서 죽게 되는구나!"

이때 갑자기 미친 듯이 바람이 일고 벼락치는 소리가 들려 오더니 큰 비가 내리기 시작해 골짜기의 큰 불이 사르르 꺼져버렸다. 사마의 일행 은 곧바로 그곳을 뛰쳐나와 위수 남쪽으로 도망쳤다. 그러나 그들이 돌 아왔을때 위군의 진채는 이미 촉군이 차지해 버린 후였다. 사마의는 다 시 북쪽으로 도망쳐서 부교를 불태워 촉군이 더 이상 쫓아오지 못하게 했다.

이번에는 반드시 사마의를 없앨 수 있을 것이라고 생각했던 공명은 뜻 밖의 비로 인해 사마의를 놓치자 긴 한숨을 쉬며 말했다.

"아, 하늘의 뜻이 그러하다면……."

공명은 좋은 기회를 놓쳤기 때문에 다른 계책을 생각해야 했다. 그는 곧 군대를 오장원으로 옮겨 천천히 방법을 상의해 보기로 했다.

57

별은 오장원에서 지다

공명은 오장원으로 군사를 옮긴 후 여러 번 사람을 보내 위군에게 싸움을 걸었지만 사마의는 굳게 지키고만 있을 뿐 나와서 싸우려고 하지 않았다. 서로 이런 상황이 넉 달 동안이나 계속 되다보니 아무리 재주많은 공명이라지만 어찌 손쓸 방법이 없었다.

어느 날 공명은 여자의 속옷과 장신구들을 사마의에게 보내 그를 자극했다.

사마의는 화가 나서 이를 바득바득 갈았다. 몹시 화가 나 이마에는 핏대가 곤두섰으며 더 이상 화를 참지 못할 것 같아 보였다. 그러나 조금 후에 그는 오히려 가볍게 웃으며 말했다.

"공명의 정신이 이상해졌나 보구나! 나를 여자로 생각하다니! 하하하……. 누구 없느냐. 이 선물들을 잘 챙겨두어라."

그런 후 사마의는 마치 오랜 친구의 소식을 묻듯이 사자에게 말했다.

　"오랫동안 제갈 승상을 못 뵈었구나. 그래 요즘 어떠신가? 분명히 군사 일로 많이 바쁘시겠지?" 사자는 공손하게 대답했다.

　"승상을 걱정해주시는 대도독의 마음에 감사드립니다. 승상께선 모두 좋으십니다. 매일 삼경까지 일을 보시고서야 잠자리에 드시고 다음날 아침, 일찍 일어나십니다. 거의 스무 건 이상의 일을 처리하시는데 모두 직접 정하고 감독하십니다."

　"그래? 매일 식사는 어떻게 하시는가?"

　"승상께선 매우 조금씩만 드십니다."

"그는 정말 온 힘을 다해 자신의 일을 하는구나! 그렇지만 이런 생활을 오래하면 그의 몸이 버틸 수 있겠는가?"

"그것이 걱정입니다. 제가 돌아가거든 반드시 대장군께서 걱정해 주신다는 것을 승상께 말씀드리겠습니다."

사자가 돌아간 후 사마의는 얼굴 한 가득 웃음을 머금고 주위에 있는 장군들에게 말했다.

"공명은 비록 충성스러워 두 마음을 품지 않는 사람이지만, 신중함이 지나쳐 크고 작은 일을 모두 자신이 처리하고 감히 다른 사람의 손을 빌

리지 못한다. 지금처럼 잠 못 이루고 제대로 먹지도 못하면서 많은 군사 일을 처리하려고 하면 반드시 몸이 힘들어 기껏해야 얼마 못 버티고 병들어 앓아 누울 것이다. 나는 그가 얼마 못살 거라고 자신 있게 말할 수 있다."

사자는 오장원으로 돌아와 지금까지 있었던 일들을 하나도 빠짐없이 공명에게 알렸다. 공명은 길게 한숨을 내쉬며 말했다.

"사마의는 정말 나를 잘 알고 있구나!"

공명도 이미 자신의 몸이 하루하루 지날 때마다 약해지고 자주 정신이 희미해진다는 것을 알고 있었다. 어떤 때는 피를 토하기도 했다.

주보 양옹이 이 기회에 말을 꺼냈다.

"승상께선 반드시 푹 쉬셔야 합니다. 지금까지 모든 일을 직접 처리하시고 하루 종일 공문서를 보시는데, 만약 이런 식으로 계속 무리하신다면 아무리 쇠로 단련된 몸이라 해도 오래 버텨내지 못할 것입니다!"

"아, 선제께서 내게 맡기신 중요한 임무를 생각하면 이러한 고통 쯤은 참아야 하고 절대 게으름을 피워서는 안 된다. 반드시 선제께서 남기신 뜻을 이뤄야 한다. 절대 자네들을 못 믿어서 이렇게 하는 것이 아니고 다만 자네들이 나만큼 꼼꼼하지 못할 것 같아서 그러는 것이네."

이 말을 들은 사람들은 존경하는 마음이 일지 않을 수 없었다. 모두들 코끝이 찡해져 눈물을 흘렸다.

불행하게도 사마의가 예측한 대로 공명의 건강은 날이 갈수록 나빠져 가고 있었다. 누가 봐도 알 수 있을 정도로 공명의 병세는 매우 심각했다. 장수들이 보기에도 공명이 날이 갈수록 마르고 정신과 체력이 모두 예전과 같지 않으니 그 모습을 너무나 안쓰러워 했다. 사람들은 공명을 볼 때마다 좀 쉬고 힘든 일을 하지 말라고 권했다. 그리고 다들 그의 일을 도왔다.

공명은 자신에게 관심을 갖고 걱정하는 사람들을 항상 웃는 얼굴로 위로했다.

"나는 아무렇지도 않으니, 너무 걱정하지 말게."

그리고, 또 다시 예전보다 더 열심히 군대를 감독했다. 마치 하루 동안 모든 일들을 다 해내려는 것 같았다.

이날도 공명은 아픈 몸을 이끌고 일을 하고 있었는데 갑자기 비의가 얼굴색이 변해 장막 안으로 뛰어 들어왔다.

"승상, 큰일났습니다!"

"자네가 어떻게 왔는가? 성도에 무슨 일이 생겼는가?"

공명이 급하게 물었다.

"성도는 아무 문제없습니다. 다만……, 그것이, 우리와 동오가 손을 잡고 중원을 공격하려고 했던 계획이 들켜버렸습니다!"

비의는 풀이 죽어서 말했다.

"뭐라고?"

공명은 이 말을 듣고 순식간에 얼굴색이 창백해지고 몸이 떨려 주저앉
아 자신도 모르게 소리쳤다.

"어찌 이럴 수 있단 말이냐? 어찌 이럴 수가?"

"승상! 괜찮으십니까? 얼굴색이 좋지 않으십니다!"

비의가 너무 놀라 급히 공명 곁으로 가서 그를 살폈다.

공명은 손을 흔들며 힘없이 말했다.

"아니오, 괜찮소, 이 일이 어떻게 된 것인지 내게 자세히 말해주시오."

"예, 일은 이렇게 된 것입니다. 연초에 저는 승상의 명령을 받고 동오

로 편지를 들고 가 함께 손을 잡고 위나라를 공격하자고 했습니다. 그래서 지난 오월에 손권은 정말 삼십만 대군을 일으켜 세 길로 나눠서 위나라 국경을 공격했습니다. 위나라 왕 조예는 이 소식을 듣고 직접 대군을 이끌고 합비로 와서 만총, 전예(田豫), 유소를 앞세워 적을 막게 했습니다. 만총은 동오의 군량, 전함과 군수품을 모두 태워버려 병사들의 반 이상이 다치고 죽었습니다. 육손은 원래 손권과 앞뒤로 위군을 공격할 생각이었는데 뜻밖에 위군에게 들켜 어쩔 수 없이 모든 것을 포기하고 급하게 군사를 돌려 돌아가 버렸습니다. 위나라는 동오의 공격을 해결했으니 반드시 온 힘을 다해 우리나라를 공격할 것입니다. 그래서 저는 이런 소식을 듣자마자 곧바로 달려와 승상께 알리는 것입니다.”

“어! 승상, 왜 그러십니까? 누구 없는가? 빨리 와보시오! 승상!”

양의와 강유는 비의가 왔다는 소식을 듣고 일이 심상치 않은 것이라 생각하고 사람들을 모아 장막 밖에서 명령을 기다리고 있었다. 그러다가 갑자기 비의의 놀란 목소리를 듣고 급히 장막 안으로 뛰어들어왔다.

공명은 얼굴이 창백해져 손으로 가슴을 움켜쥐고 매우 고통스럽게 말했다.

“하늘이 나를 돕지 않는구나! 하늘이 나를 돕지 않아!”

이렇게 말하고는 곧바로 기절해버렸다.

사람들은 너무 놀라 공명의 주위에 모여 정신없이 공명을 흔들어 깨워

보았다. 공명은 한참이 지나서야 겨우 깨어났다. 그의 두 눈엔 눈물이 가

득할 뿐 말을 하지 못했다.

"승상, 우리가 부축할 터이니 들어가서 쉬십시오."

"쉬십시오!" 사람들이 말했다.

공명은 아무 말 없이 고개를 끄덕였다. 그리고 사람들의 부축을 받으

며 안으로 들어갔다. 그런 후 공명의 병세는 날이 갈수록 심해져 조금도

나아질 것 같지 않았다.

이날 한 군사가 갑자기 달려와 알렸다.

"위군이 공격해 옵니다!"

"분명히 사마의는 내 병세가 심하다는 것을 알고 사람을 보내 이곳의 상황을 알아봤을 것이다. 위연, 자네가 나가 막으시오. 반드시 다시는 감히 공격할 생각도 못하도록 해주시오."

"알겠습니다!"

위연은 이 말을 듣고 드디어 위군과 죽을힘을 다해 싸워야겠구나 생각하고 정신을 굳게 다지며 큰 걸음으로 몸을 돌려 나갔다.

사마의는 촉군 쪽에 갔던 정탐꾼이 며칠 동안 촉군 장수들의 얼굴빛이 심상치않다는 말을 듣고 공명의 병이 이미 깊어져 얼마 못살 것이라고 생각했다. 그리하여 하후패에게 오장원으로 가서 촉군과 싸우라고 명령하며 말했다.

"만약 촉군이 비겁하게 싸우려고 하지 않는다면, 그것은 바로 공명의 병이 심하다는 것이니 우리가 그 틈을 타서 공격해야 한다. 그렇지 않고 촉군이 싸움에 나서면 내 판단이 틀렸다는 것이니, 자네는 싸우지 말고 급히 군사들을 데리고 돌아오게. 절대로 함부로 행동해서는 안되네."

하후패는 오장원으로 가서 싸움을 걸었다. 촉군 진영을 보니 여전히 경계가 삼엄하고 조금도 흔들림이 없어 보여 마음이 조금 불안해졌다. 또 위연이 군사를 이끌고 자신있게 싸우러 나오는 모습을 보자 벌써 손발이 떨려서 싸워보지도 않고 도망쳤다. 위연도 이십 리 정도까지 쫓아오다가 되돌아갔다.

한편, 위연이 싸우러 나간 후 공명은 몇 번이나 피를 토했다. 강유는 걱정이 되었지만 어찌할 바를 몰라 그저 공명을 부축해서 내실로 들어가 쉬게 할 뿐이었다.

"백약(강유의 자), 내게 무슨 일이 생기면 자네가 나를 대신 해주게."

공명은 시종을 시켜 여러 권의 책을 가져오게 했다. 그리고 아주 자상한 얼굴을 하며 말했다.

"이것들 모두는 내가 평생동안 공부해온 것들이네. 나는 이 책을 전할 만한 장수들을 살펴보았네. 그 중 자네만이 이 책을 받을 만한 것 같네. 이 책들을 잘 공부하기 바라네."

"알겠습니다. 저는 반드시 열심히 공부하여 승상의 큰 기대를 저버리

> ## 생각 해보기
>
> ❀ 공명은 세상에서 보기 드문 뛰어난 정치가였고 군사 지휘관으로서 거의 그를 따를 자가 없었다. 그러나 그도 병을 이기지 못하고 결국 한을 품고 죽게 되었다.
>
> 만약 건강하지 못하면 어떤 일을 하든 몸이 마음을 따라주지 못하는데 무슨 일을 해낼 수 있겠는가?
>
> 건강을 지키는 것은 결코 어려운 일이 아니다. 다만 정상적인 생활과 휴식, 좋은 위생 습관, 균등한 영양보충, 적당한 운동 그리고 즐거운 마음가짐이면 충분하다.

지 않겠습니다."

강유는 다시 한번 북받쳐 오는 슬픔을 억누르고 눈물을 흘렸다.

공명은 기쁘고 안심이 되어 고개를 끄덕이며 다시 한번 신신 당부했다.

"촉은 길이 거칠고 험하여 지키기에 쉽고 공격하기에 어려운 곳이기 때문에 그리 걱정할 것이 없다. 그러나 유일하게 음평, 이 지역은 험하기는 하지만 지키기에는 그리 쉽지 않으니 자네가 신경을 많이 써야 할 것이네."

"알겠습니다."

"며칠 동안 계속 내 옆을 지키고 있었으니 매우 피곤할 것이네. 어서 가 쉬도록 하게. 가는 길에 마대를 들여 보내게."

강유는 울며 무릎 꿇어 세 번 절을 하고서야 슬퍼하며 나갔다. 얼마 안 되어 마대가 장막 안으로 들어왔다. 공명은 그를 침대 가까이로 불러 낮은 목소리로 귓속말을 했다. 마대는 계속 고개를 끄덕였다.

"내 말을 다 알아듣겠는가? 내가 죽은 후, 자네는 방금 내가 말한 대로 하면 되네."

"알겠습니다." 마대도 명령을 받고 나갔다.

한참 후, 강유는 마음이 놓이지 않아 다시 양의와 같이 들어와 공명을 살폈다. 공명이 말했다.

"자네, 때마침 잘 왔네. 내가 일이 있어 자네를 찾으려고 했었네."

이렇게 말하면서 병부와 인수를 꺼내 양의에게 주었다.

"힘들겠지만, 나중에 나를 대신해서 군사 일을 맡아주게."

"승상께선 한 군의 우두머리이시고 장수들의 기둥이십니다. 어찌 이런 약한 말씀을 하십니까!"

양의는 흐느껴 울며 말했다.

공명은 쓴웃음을 짓고 양의의 손을 토닥이면서 말했다.

"사람이 태어나 늙고 병들어 죽는 것을 누가 막을 수 있겠는가? 만약 자네가 받아들이지 않는다면 내가 어찌 마음 편히 떠날 수 있겠는가?"

양의는 이런 말을 듣고 나서야 눈물을 머금으며 받아들였다.

공명이 다시 말했다.

"위연은 용맹하고 싸움은 잘하지만 사납고 고집스러워서 마음이 바르지 못하다. 나말고는 그를 부릴 사람이 없다. 내가 죽고 나면 그는 반드시 배반할 것이다."

"그렇다면 어떻게 해야 합니까? 지금 그를 죽여야 할까요?"

"아직 그럴 필요까진 없다. 여기에 비단 주머니가 있다."

공명은 베개 아래에서 비단 주머니 하나를 꺼내 작은 소리로 말했다.

"급한 일이 생기면 자네는 이 비단 주머니를 열어보게. 이 안에 내가 방법을 적어 놓았네."

"알겠습니다."

양의는 신중하게 비단 주머니를 받아 몸 속에 넣었다.

공명은 여러 일들을 맡긴 후, 몸에 힘이 빠져 쓰러지듯 잠들어 밤이 늦어서야 깨어났다. 그리고 강유에게 마차를 준비하게 하여 부축을 받아 마차에 오른 후, 각 영채를 둘러보았다.

때는 가을이 깊어가고 있을 무렵이어서 풀들은 마르고 낙엽은 떨어져 온 사방이 썰렁하게 느껴졌다.

병사들은 공명을 보고 이미 생명이 얼마 남지 않았다는 것을 알 수 있

었다. 그런 상황에서도 아직까지 군사 일에 신경쓰는 것을 보고 그의 끝

없는 충성심에 감동받아 울기 시작했다.

한편 성도에서 후주 유선은 승상의 병세가 위급하다는 소식을 듣고 급히 상서 이복(李福)을 오장원으로 보내 공명을 살피고 뒷일을 어떻게 해야할지 물어보라고 했다.

공명은 이복을 보고 눈물을 흘리며 말했다.

"대업을 아직 이루지 못했는데 나는 이미 병이 너무 깊어져 버렸으니 부끄러워 전하를 뵐 수가 없구려!"

"승상, 너무 괴로워하지 마십시오. 모두들 승상께서 온 힘을 다해 노력
하신 것을 다 알고 있습니다. 그렇지만 이후에 어떻게 하면 좋을 지 모르
겠습니다."

"내가 죽고 난 후 모든 일은 예전처럼 그대로 시행하도록 하라. 그리고
내가 평생동안 깊이 연구한 병법은 이미 모두 강유에게 일러 주었으니
그가 나를 대신하여 나라를 위해 일할 것이다. 또한 나머지 다른 일에 대
해서는 내가 유표(신하가 죽을 때 임금에게 올리는 상주문)를 써줄 터이니
후제 전하께 드리도록 하게."

이복은 공명과 한참을 얘기한 후에 작별인사를 하고 곧바로 성도로 돌아갔다.

공명은 또 양의를 불러 다시 한번 간절하게 부탁했다.

"전하께선 이미 성인이 되셨지만, 아직 세상에 대해 그리 깊이 알지 못하시네. 그래서 선제께서 이 나라를 여실 때의 어려움을 잘 모르고 계실 것이네. 여러분들이 선제께서 베푸신 정과 내 얼굴을 봐서 힘껏 전하를 도와주시오. 그리고 내가 전쟁터에서 죽은 것을 알면 군사들의 사기에 큰 영향을 끼칠 것 같으니 여러분들은 군대를 물리는 것이 좋겠소. 군대를 물릴 때 사마의가 알고 공격해 올지 모르니 절대로 놀라거나 허둥대서는 안 되오."

"알겠습니다. 모두 명심하겠습니다."

공명은 마대의 손을 잡고 간곡하고 다정하게 말을 시작했다.

"왕평, 요화, 장익은 모두 나와 같이 오랫동안 싸움터를 누빈 충성스러운 사람들이고, 또한 책임감도 뛰어나 어떤 중요한 일도 맡길 수 있다. 마대, 자네는 일찍이 지모에 밝은 사람이니 이후에 어떻게 해야할 지에 대해서는 많은 말이 필요 없을 것 같네."

그리고 다시 자신의 근처에 서 있던 강유를 보며 기쁘고 안심이 되는 듯 말했다.

"백약은 지혜와 용기를 두루 갖춘 사람이니 그에게 후방을 맡게 하시오."

이어서 공명은 종이와 붓을 가져오게 하고 겨우 몸을 일으켜 침대에서 후주에게 바칠 유표를 썼다. 후주에게 당부하는 것은 반드시 마음을 깨끗이 하여 욕심을 없애고 항상 백성들을 사랑하고 널리 인덕을 펼쳐야 한다, 현명한 선비들을 많이 받아들이고 간사한 소인배들은 멀리해야 한다. 또한 널리 인정을 베풀어 백성들을 달래야 한다는 내용이었다.

다 쓴 후, 공명은 양의에게 명령했다.

"너는 그림 그리는 이를 불러 나의 초상화를 그리게 하여 만약 사마의가 쫓아오거든 나무로 내 모습을 만들어 마차 위에 올려놓아라. 그리하면 사마의는 반드시 놀라서 감히 더 쫓아오지 못할 것이다."

모든 일을 다 일러 준 후, 공명은 더 이상 버티지 못하고 정신을 잃고 쓰러졌다.

이때, 이미 성도로 떠났던 이복이 갑자기 다시 돌아와 정신을 잃고 쓰러져 있는 공명을 보고 가슴을 치고 발을 동동 구르며 크게 울기 시작했다.

"제가 죽을죄를 지었습니다! 제가 나라의 큰 일을 그르쳤습니다!"

한참이 지난 후에 공명이 겨우 정신을 차리자 주위에 있던 사람들이 급히 근처로 모였다.

공명은 눈을 살짝 뜨고 주위를 둘러보다가 이복이 침대 옆에 있는 것

을 보고 억지로 몸을 일으켜 말했다.

"나는 알고 있었네……, 자네가 돌아올 줄……, 분명히……."

이복이 급히 말했다.

"제가 잊은 것이 있었습니다. 조정에서 승상을 대신해 그 일을 누구에게 맡겨야 합니까?"

"공염(公琰, 장완(蔣琬)의 자), 공염이면 될 것이요."

"그렇다면 공염 다음으로는 누가 좋겠습니까?"

"비……, 비……, 문위(文偉, 비위의 자)……."

"그 다음은? 문위 다음으로 누가 계속 이뤄나갈 수 있겠습니까?"

이복은 계속 여러 번 물었지만 공명의 대답을 들을 수 없었다. 사람들은 급히 침대 앞으로 달려와 살폈다.

"승상!……."

한평생 임금에게 충성하고 나라를 사랑했던 공명은 이미 이 세상 사람이 아니었다!

❋ 공명이 죽을 때 그의 나이 54세였다. 옛사람들의 경우, 결코 단명이라고 할 수 없다. 그러나 마음 속에 품었던 큰 뜻과 나라를 일으키려는 중요한 임무를 생각해보면 짧았다고도 할 수 있다. 그는 아직 하고 싶은 일도 많았고, 완성하지 못했던 일 또한 많았기 때문에 세상을 떠나는 것이 더욱 안타까웠을 것이다. 그런데 어찌 눈을 감을 수 있었겠는가? 공명의 일생은 역사상 혜성이 번쩍 빛난 것이라고 표현하는데, 어떤 이도 그보다 뛰어난 이는 없었다. 그의 한평생은 역사상 찬란한 한 페이지를 장식한 것이다.

58

공명, 죽어서도
신과 같은 위력을 발휘하다

강유와 양의는 공명이 남긴 명령에 따라 곧바로 군대를 물리기로 결정하고 위연에게 후방을 맡게 했다.

"우선 위연의 태도를 잘 살펴보고 우리도 그에 따른 준비를 하는 것이 좋을 것 같습니다." 강유가 말했다.

"그렇다면 누구를 보내면 좋겠소?"

양의가 사람들을 보며 물었다.

"제가 가겠습니다! 저는 전하의 명을 받고 소식을 전하러 온 사람이지 어떠한 사람의 부하도 아니니 비교적 그의 의심을 사지 않을 것 같습니다."

비위가 자신 있게 나서서 말했다.

"그렇다면 한 번 애써 주십시오!"

　이렇게 하여 그 다음날 일찍 비위는 양의가 준 병부를 가지고 위연이 있는 곳으로 갔다.

　위연에게 주위 사람들을 물려달라고 부탁한 후 심각하게 말했다.

　"승상께서 어제 저녁에 돌아가셨습니다!"

　위연은 비록 진심으로 공명을 따른 것은 아니었지만 공명이 죽었다는 소식을 들으니 너무 놀라 머리가 멍해졌다.

"승상께서 하시던 모든 일은 이미 양의에게 맡기셨습니다. 그리고 그의 모든 병법은 강유에게 모두 전수해 주셨습니다."

"양의? 그 사람이 무엇을 안다고!"

위연은 무시하는 투로 말했다.

"승상께서 또 지시하신 말씀이 있습니다. 곧 군사들을 물려 성도로 돌아가는데 그 후방을 장군께서 맡아 사마의가 쫓아오는 것을 막으라고 하셨습니다. 이것은 양의가 장군께 드리라고 준 병부입니다. 빨리 군사를 물리시지요."

"군사를 물리라고? 승상은 이미 죽었지만 나, 위연이 아직 살아있는데, 왜 군사를 물린단 말이요? 양의에게 군사 몇 명만 데리고 승상의 영구를 모셔 성도로 돌아가 장사지내라고 하시오. 나는 직접 군사를 이끌고 가서 사마의를 공격하고 북벌의 대업을 이루겠소. 승상 한 사람 때문에 나라의 큰 일을 그르칠 수는 없소!"

"그러나, 승상께서 돌아가시면서 반드시 군사를 물리시라고……."

"승상, 승상, 이미 죽은 사람의 말을 아직까지 따르려 한단 말입니까!"

위연은 화가 머리 끝까지 나서 비위의 말을 끊었다.

"만약 승상이 내 말을 들었다면 우리는 이미 장안을 차지했을 것입니다. 그런데 아직까지 여기 오장원을 우두커니 지키고 있었으니……, 이젠 그럴 필요가 없습니다. 지금 나는 정서대장군 남정후의 몸이요. 나는 약하고 능력없는 문관들을 위해 뒷일을 보지는 않겠소! 단념하시오!"

"장군의 말씀이 그러시면……."

비위는 다른 어떠한 말도 못했다.

"양의는 문관에 불과하고 군사 일은 잘 모릅니다. 제가 돌아가서 그를 설득한다면 그도 옳고 그름과 어떤 것이 더 중요한 지 잘 헤아려보고 장군의 뜻에 따를 것입니다. 제가 다시 그에게 모든 병권을 장군이 세운 계획에 따라 일으키라고 해보겠습니다."

"그렇게만 된다면 더 바랄 것이 없겠습니다만, 양의가 만약 자기 능력도 모르고 주제넘게 나와 맞서려고 한다면 그때 가서 나를 너무 탓하지 마시오."

위연은 우쭐거리면서 차가운 웃음을 지었다.

"예, 예, 곧바로 이 일을 그에게 알리겠습니다."

비위는 무조건 대답하고 곧바로 작별 인사를 하고 진채로 돌아왔다. 지금까지의 모든 일을 양의에게 알렸다.

"과연 승상의 예측이 맞아 떨어졌구나! 여러분, 계획에 따라 일을 진행시켜야겠습니다. 강유 자네가 후방을 책임지게."

양의는 냉정하게 지시했다. 곧이어 마대를 불러 말했다.

"대장, 곧 군사를 물려야겠소. 진채로 돌아가 준비해 주시오. 만약 위연이 절대로 따르지 않겠다고 한다면 장군이 직접 군대를 물리시되 절대 위연과 정면으로 맞서서는 안되오.”

  한편 위연은 영채에서 하루를 꼬박 기다려도 끝내 비위가 돌아오지 않자 의심이 일기 시작하여 곧바로 병사를 보내 소식을 알아보게 했다. 한편 마대가 급히 달려와서 숨 찬 목소리로 말했다.

  “장군! 큰일났습니다! 양의, 양의가 군사를 모두 물렸습니다!”

"모두 물렸다고? 이런 못된 것! 비위, 도대체 무엇을 한 것이냐?"

위연은 화가 나서 이를 부득부득 갈며 욕을 퍼부었다.

"양의 이놈, 감히 나와 맞서겠단 말이냐! 그들은 얼마나 갔는가?"

"어제 저녁 사경 정도에 출발했습니다. 양의가 이끄는 승상의 영구가 앞서고 강유가 후군을 감독하고 있습니다. 시간을 계산해보면 아마 전군은 이미 골짜기 중간까지 이르렀을 것이고, 강유의 후군도 거의 물렸을 것입니다."

"양의가 이렇게 빨리 행동을 할지 전혀 생각지도 못했구나! 누구 없느냐! 모두들 짐을 정리하고 곧바로 영채를 뽑도록 하라!"

위연은 급하게 명령을 내리고 의심쩍은 눈으로 마대를 보며 물었다.

"자네는 어떻게 할 것인가? 나와 같이 가겠는가?"

마대는 전혀 주저함없이 말했다.

"장군께서 평소 저를 가볍게 대하시지 않으셨습니다. 게다가 저는 양의와 그다지 잘 맞지 않았습니다. 마땅히 저는 장군을 따를 것입니다."

"좋다!"

위연은 마대의 대답을 듣고 기분이 좋아졌다. 그 자리에서 마대와 군사를 이끌고 양의 일행을 뒤쫓아갔다.

이날 밤 사마의는 또 하후패를 보내 오장원에서 어떤 일이 벌어지고 있는지 몰래 살피도록 했다. 순간 영채들로 가득했던 진지가 텅 비어 있

다는 것을 발견하고 급히 돌아와 사마의에게 알렸다.

"무엇이라고? 한 사람도 없단 말이냐!"

사마의는 발을 동동 구르며 탄식했다.

"아아! 분명히 공명이 죽은 게로구나. 우리가 정말 좋은 기회를 놓쳤구나. 빨리, 빨리 뒤쫓아라!"

사마의는 말을 멈추지 않고 산허리까지 쫓았다. 결국 촉군이 앞쪽 그리 멀지 않은 곳에 있는 것이 보였다.

그래서 말에 채찍을 가하며 정신 없이 달렸다. 눈으로 보기에 거의 다

따라잡았을 때 갑자기 큰 함성이 들려오면서 모든 촉군들이 뒤를 돌아보았다. 또한 '둥둥둥' 북 치는 소리는 하늘까지 울려 퍼지는 것 같았다.

사마의는 너무 놀라 말고삐를 당겨 말을 세웠다. 숲 속에서 나부끼고 있는 '한 승상 무향후 제갈량' 이라고 수놓아진 대군 깃발이 보였다. 낭떠러지에 몇 명의 대장이 가마를 둘러싸고 있었다. 그 안에는 몸에 흰 도포를 걸치고 머리에는 윤건을 쓰고 손에 부채를 쥔 공명이 꼿꼿하게 앉아 사마의를 보고 웃으며 마치 '너는 내게 또 속았구나!' 라고 말하는 것 같았다.

"너, 너는 죽지 않았느냐!"

"하하하! 이 못된 도적놈아, 너는 우리 승상님의 계책에 또 빠졌다. 이번에도 어디 도망갈 수 있나 보아라!"

강유는 당당하게 창을 뽑아 들고 사마의를 가리키며 마구 웃었다.

사마의는 놀라 얼굴색이 창백해져 말고삐를 당겨 달려 왔던 길로 죽을 힘을 다해 도망쳤다.

위군은 놀라서 어쩔 줄 몰라 갑옷도 다 벗어 던지고 창과 방패도 모두 내버려두고 앞다투어 도망쳤다. 순식간에 말들은 서로 밟고 밟혀 아수라장이 되었다.

사마의는 고개 한 번 돌아보지 않고 오십여 리를 계속 달렸는데도 뒤에서는 아직 말발굽 소리가 떠나질 않자 두려워 떨리는 가슴을 주체할 수 없었다. 그런데 갑자기 타고 있던 말의 고삐를 누군가 잡아당기는 것 같이 느껴졌다. 사마의는 강유가 쫓아왔다고 생각했다. 정말 죽었구나 생각하고 있을 때 뜻밖에 자신이 아끼는 장수 하후패의 목소리가 들려왔다.

"도독, 도독, 접니다!"

사마의는 자기 편의 사람을 보고서야 한숨 돌리고 자신의 머리를 가다듬었다. 그러나 아직 마음을 가라앉히지 못하고 말했다.

"내가, 내가 아직 살아 있구나, 죽지 않았구나……."

"도독, 촉군은 이미 멀리 가버렸습니다. 이제 돌아가시지요."

얼마 후 흩어졌던 위군들이 계속 진채로 도망쳐 왔다. 나중에 그 지역 주민들의 말을 듣고 알게 되었는데 그 날 촉군이 골짜기 쪽으로 군사를 물리는데 갑자기 흰 깃발이 휘날리고 아주 슬픈 울음소리가 온 산을 뒤흔들 정도였다고 한다. 분명히 공명이 죽은 것이다.

사마의가 보았던 것은 후방에 남아 있던 강유와 천여 명의 병사들, 그리고 마차에 앉아 있던 것은 공명 모양의 목각 인형에 불과했던 것이다.

공명은 죽은 후에도 병사를 한 명도 희생시키지 않고 위군을 스스로 허물어지게 했으며 게다가 큰 손실까지 입혔으니 사람들은 모두 창피해서 얼굴을 들 수가 없었다. 사마의도 감탄하지 않을 수 없었다.

"정말, 하늘 아래 귀재로구나!"

공명은 이미 죽었고 촉군도 군사를 물렸으니 이곳에 계속 머물 이유가 없어졌다. 사마의는 몇몇 사람만 남겨 잘 지키게 한 후, 군사를 돌려 조정으로 돌아갔다.

한편 강유와 양의는 공명의 영구를 모시고 슬픈 심정으로 성도로 향했다.

막 장각 입구에 도착했을 때 앞쪽에서 갑자기 대낮같이 밝은 불빛이 일더니 사방에서 함성소리가 들려왔다. 양의 일행은 서로 얼굴만 쳐다볼 뿐 어찌할 바를 몰랐다. 얼마 후, 앞일을 알아보러 갔던 병사가 달려와 알렸다.

"지금 위연이 잔도에 불을 질러 길을 막고 있습니다."

장의는 너무 놀랐다.

"큰일이구나! 그가 이렇게 빨리 손을 쓸 줄은 생각지도 못했구나, 우리를 막고 서 있으니 어떻게 하면 좋단 말인가?"

"제가 좁은 길 하나를 알고 있습니다. 잔도를 돌아 지나서 남곡으로 쭉

가면 되는데 길이 울퉁불퉁 험해서 조금 힘들 것입니다."

강유는 한참을 생각해 보고서 말했다.

이렇게 해서 양의는 사람들에게 강유의 말에 따라 작은 길로 돌아가기

로 하고 상주문을 써서 성도로 급히 보냈다.

양의 일행은 어렵게 위연을 피해 한발 앞서 남정에 도착했다. 그러나 도착해서 아직 정리도 제대로 못했는데 위연이 벌써 성 아래까지 도착해 있었다. 사람들은 마음이 급해져 어쩔 줄을 몰랐다.

강유는 불안한 마음에 천천히 앞으로 걸어나갔다.

"위연 한 사람만도 쉽지 않은데, 마대까지 그럴 줄이야……. 이럴 땐 어떻게 하면 좋단 말인가? 어떻게 하지?"

"아, 맞다!"

양의는 갑자기 공명이 죽기 전에 자신에게 준 비단 주머니가 생각나서 기분좋게 말했다.

"승상께서 말씀하시기를, 급할 때 이 비단 주머니를 열어 보면 해결방법이 있을 거라고 하셨는데, 지금이 바로 그때인 것 같소."

"맞습니다! 맞아! 빨리 열어 보십시오."

비단 주머니에는 편지 한 통이 있었다. 편지 위에는 양쪽이 서로 맞설 때, 그때 가서 뜯어보라고 쓰여 있었다.

"일이 이러하니, 나는 지금 성을 나가 위연과 맞설 것이니, 자네는 어서 편지를 뜯어 무슨 내용인지 보시오."

강유는 이렇게 말하고 병사들을 이끌고 성을 나갔다.

위연은 강유 혼자 성밖으로 나오는 것을 보고 소리쳤다.

"강유, 이것은 나와 양의의 일이니 어서 양의를 불러주시오."

강유가 막 욕을 퍼부으려고 하는데, 양의가 말에 올라 달랑 창 하나만 들고 여유 있게 나왔다. 웃음 띤 얼굴로 위연을 가리키며 말했다.

"승상께선 이미 네가 반드시 배반할 것이라고 말씀하셨다. 그래서 일찍이 내게 너를 막을 방법도 일러 주셨다. 너는 '누가 감히 나를 죽일 수 있느냐?' 라는 말을 세 번 외칠 수 있겠느냐? 그렇다면 내가 한중을 두 손 모아 너에게 바치겠다!"

위연은 이 말을 듣고 '하하하' 웃으며 말했다.

"공명이 살아 있을 때는 그래도 조금이나마 망설임이 있었지만 오늘과 같이 그가 죽었는데 누가 감히 내게 맞설 수 있겠느냐? 세 번이 아니라 삼만 번이라도 외칠 수 있다! 양의 내 말을 잘 들어라, 감히 누가 나를 죽일 수 있겠느냐?"

막 한번 외쳤는데 갑자기 위연의 뒤쪽에서 누군가 큰 소리로 대답했다.

"내가 감히 너를 죽이겠다!"

말이 끝나자 칼이 한 번 번쩍거리더니 위연이 뒤돌아 누구인지 확인해 보지도 못한 사이에 그의 목은 바닥으로 떨어졌다.

두 군대는 순간 눈 앞에서 일어난 일들이 너무 놀라워 눈이 휘둥그레지고 입을 딱 벌린 채 서있었다. 그러나 양의만이 기쁘게 두 팔을 쫙 펴고 흐느껴 울면서 말했다.

"마대, 돌아온 것을 환영하네."

사실 공명은 이미 오늘과 같은 일이 있을 것을 예상하여, 미리 마대를

위연에게 보내 놓고 그 사실을 비단 주머니 안에 적어 양의에게 알려 준

것이었다. 결국 생각지도 못했던 곳에서 위연을 없앨 수 있었다.

한편 성도에서 후주는 위연과 양의의 표문을 이어서 받았는데 두 사람의 말이 정반대였다. 후주는 도대체 어떻게 결정을 내려야 할지 몰라 조정 대신들을 모아놓고 물었다.

장완과 동윤 모두 양의는 능력 있고 민첩하며 공명과 같이 있으면서 많은 일을 맡아 왔었기 때문에 절대로 반역을 할 사람이 아니라고 말했다. 그러나 위연은 평소 자신의 공이 크다는 것을 내세워 너무 교만했었다. 그래서 공명이 군사를 지휘할 모든 권한을 양의에게 주자 반드시 불만을 품고 반역을 꾀했을 것이라고 생각했다.

"그렇다면 어떻게 하는 것이 좋겠소?"

후주가 초조해져서 물었다.

장완이 위로하듯 말했다.

"승상께서도 줄곧 위연을 믿지 못하셨습니다. 돌아가시기 전에 반드시 어떠한 말씀이 있으셨을 것입니다. 그렇지 않으면 양의가 절대 이렇게 위연과 맞서지 못했을 것입니다. 전하, 너무 걱정하지 마십시오.”

얼마 후 차갑게 식어버린 공명이 드디어 돌아왔다. 후주는 문무 백관들을 이끌고 모두 흰 상복을 입고서 성밖 삼십여 리까지 맞아들이러 나왔다. 위로는 고관들에서부터 아래로는 일반 평민들까지 슬피 울지 않는 이들이 없었다. 뿐만 아니라, 일찍이 공명의 은혜를 입은 사람들은 눈물을 흘리며 목놓아 울었다. 또한 공명에게 죄를 받은 사람들도 자신의 부모님이 돌아가신 것 같이 슬프게 울었다.

성으로 돌아온 양의는 스스로 자신을 묶고 죄를 청했다. 후주는 급히 사람을 시켜 그를 풀어주게 하고 오히려 그를 칭찬했다.

“모두 그대 덕분이오. 그대가 반역자 위연을 없앴기 때문에 승상의 영구를 모시고 무사히 돌아올 수 있었던 것인데 무슨 죄가 있단 말이요?”

곧바로 양의를 중군사로 높이고 마대는 반역자를 없앴다는 공을 들어 위연이 누리던 작위와 봉록을 그에게 주었다. 그리고 나머지 사람들에게도 각각 상을 내렸다.

양의가 공명의 유표를 올리자 후주는 그것을 보고 난 후, 다시 한 번 목놓아 울었다. 그런 후 좋은 자리를 정해 후한 장례를 치렀다.

비위가 나서서 말했다.

“승상께서 돌아가시기 전에 제게 하신 말씀이 있습니다. 자신을 정군

산에 묻고 어떠한 제물도 쓰지 말라고 하셨습니다."

후주는 그의 뜻에 따라 좋은 날을 잡아 직접 공명의 영구를 이끌고 정
군산까지 가서 장사지냈다. 그리고 시호를 충무후로 하고 면양에 사당을
지어 철마다 제사를 드리게 했다.

59

사마씨, 권력을 독점하다

공명이 병들어 죽은 후, 위, 촉, 오 세나라는 각자 깃발을 내리고 북 소리를 멈추었다. 그리고 서로 공격하지 않으며 평온하고 조용히 수년을 보냈다. 이런 평화로운 분위기는 점차 위국의 조정과 백성들의 경계심을 좀먹기 시작해 곧 향락과 사치스러운 생활 속으로 빠져들었다.

위나라 왕 조예의 방탕한 생활은 끝이 없었다. 매일 제멋대로 사치스럽고 음탕한 생활을 하다가 결국 날이 갈수록 건강이 나빠졌다. 죽기 전 나이 어린 태자 조방(曹芳)을 그의 집안 동생인 대장군 조상(曹爽)과 태부 사마의에게 부탁했다.

처음에 조상은 사마의가 나라의 원로이고 윗사람이며 직위와 경력 면에서 모두 자신보다 한 수 위라고 생각했다. 또한 모든 군사 권력을 가지고 있었기 때문에 매우 공손하게 대했고 모든 일을 먼저 상의하고 나서 결정을 했다.

그러나 점점 시간이 흐를수록 조상은 자신의 측근들의 말만 듣고 속으로 사마의의 모든 병권을 자신이 차지해서 조정을 독차지해 버릴 생각을 했다. 사마의는 조상이 자신을 내쫓으려 한다는 것을 알고 병을 핑계삼아 조정을 떠났다. 그의 두 아들 사마사와 사마소도 자연히 조정을 떠나 집에서 한가한 시간을 보냈다. 이렇게 하여 조상의 세력은 날로 하늘을 찌를 듯 했다.

어느 날, 조상 형제 네 명은 자신의 심복 그리고 조정 대신들과 어린 황제 조방을 모시고 성을 나와 명제 조예의 묘를 찾아갔다. 조씨 형제가 성을 나가 제사 지내러 간 사이를 틈타 병이 심해 죽을 날이 얼마 안 남았다는 사마의가 씩씩하고 생기 있는 모습으로 직접 사마사, 사마소와 수십 명의 장수들을 이끌고 곽태후가 있는 후궁으로 들어갔다. 사마의는 자신이 선제께서 부탁하신 중요한 임무를 띠고 있기 때문에 간사한 조상이 나라를 어지럽힌 죄를 그냥 넘길 수 없다고 말했다.

태후는 너무 놀라 어찌할 바를 모르고 그저 사마의가 시키는대로 했다. 사마의는 곧바로 모든 성문을 닫게 하고 무기 창고를 통제한 다음, 성밖 낙하에다 진을 치고 부교를 지켰다. 그런 후, 어린 황제 조방에게 사람을 보내 표문을 올려 조상의 죄를 따져 그의 삼족까지 벌하고 집안의 모든 재산을 나라에 바치게 했다.

조방은 궁으로 돌아온 후, 곧바로 사마의를 승상으로 삼고 그 부자 세

명에게 모든 나라 일을 맡겼다. 이렇게 하여 사마 씨가 조위의 군사와 나라의 큰 일들을 독차지하여 그들의 세력은 끝없이 퍼져 나갔다.

한편 촉나라는 공명이 죽고 난 후, 장완, 동윤, 비위 등이 공명의 일을 이어받았지만 능력이 그에 한참 못 미쳤다. 강유도 비록 공명의 모든 병법을 물려받았지만 그의 능력도 한계가 있어 공명의 빈자리가 너무 크게 느껴졌다. 그렇지만 초나라의 위 아래 여러 사람들이 정성과 지혜를 다

하고 있었기 때문에 그다지 큰 발전은 없었지만 최소한 그대로 유지시킬 수는 있었다.

특히 강유는 공명이 남긴 뜻에 따르기 위해 수시로 북벌의 기회를 노리고 있었다. 그렇지만 군량이 모자라서인지 아니면 위국이 완강히 저항해서인지 매번 기가 꺾여 돌아왔다.

다른 한편 공명이 죽고 나자 후주는 마치 고삐 풀린 망아지처럼 하루종일 연회와 향락에 빠져서 지냈다. 특히, 아끼는 환관 황호(黃晧)에게 나라의 크고 작은 일을 모두 맡겨 처리하게 했다. 그래서 조정에는 현명한 선비들은 갈수록 줄고 소인배들만 날로 늘어갔다.

강유가 여러 번 충고하고 혹은 강력하게 주장

하기도 하고 또 울며 매달리기도 했지만 후주는 줄곧 들은 척도 안 했다.

미서랑 극정은 걱정이 되어 그에게 말했다.

"장군, 계속 그러시면 황호가 반드시 장군에게 복수하려고 들 것입니다. 제가 알기로 롱서에 답중이라는 지방이 있는데 토지가 매우 비옥하다고 합니다. 제 생각으론 장군께서 전하께 말씀드려 답중으로 가서 농사를 짓겠다고 하십시오. 그러시면 군량도 모을 수 있고 또한 화도 면할 수 있을 것입니다. 뿐만 아니라 위군의 움직임도 알 수 있으니 일거양득이 아니겠습니까?"

강유가 생각해보니 그 말에 일리가 있어 극정의 말에 따라 외지로 보내 달라는 조서를 올렸다. 후주가 그 일을 허락하자 강유는 팔만 대군을 이끌고 답중으로 가서 농사를 지으며 황호의 보복을 피했다.

조위 가평 30년 가을 날, 사마의가 병으로 세상을 떠나자 조방은 후하게 장사를 지내주고 사마사를 무군대장군으로 사마소를 표기상장군으로 봉했다. 두 형제는 아버지의 권력을 그대로 이어받아 전과 다름없이 조정의 모든 일을 처리하니, 임금이나 신하들 모두 감히 따르지 않을 수 없었다.

조방은 매번 그들 두 형제가 궁궐로 들어오는 것만 봐도 무서워서 몸이 떨리고 마치 가시방석에 앉아있는 기분까지 들었다.

어느 날 아침, 조방은 사마사가 칼을 차고 대전으로 들어오는 것을 보고 겁이 나 급히 몸을 일으켜 맞아들였다. 그러자 사마사는 뿌듯해져서 말했다.

"어떻게 황제께서 직접 신하를 맞으실 수 있습니까? 제게 너무 과분한 것 같습니다!"

그런 후, 조정관리들이 조서를 올리면 사마사가 그 자리에서 하나씩 결정했다. 마치 황제가 그 자리에 없는 것 같았다. 대전을 나올 때도 사마사는 거만하게 걸어나왔고, 그의 뒤를 따르는 이 또한 수천 명이 넘었

다. 그러나 황제는 시종 외에 태상 하후현(夏侯玄), 중서령 이풍과 광록
대부 장즙 이렇게 고작 세 명만이 따를 뿐이었다. 사마사의 세력에 비교
해 보면 정말 하늘과 땅 차이였다.

조방은 날이 갈수록 괴로웠다. 주위 시종들을 내보내고 하후현 등 세
사람에게 울면서 말하기 시작했다. 이풍은 조방에게 밀서를 써서 사방으
로 황실을 도와 못된 도적을 없앨 영웅들을 모으라고 말했다.

조방은 이리 저리 생각 끝에 마음을 정하고 용과 봉황무늬 윗도리 홑
옷을 벗어 그 위에 엄지 손가락을 물어 뜯어 혈서를 썼다. 그것을 장즙에
게 주면서 신신당부했다.

"예전에 우리 무황제께서 동탁을 죽일 수 없었던 것은 동승이 일을 꾸
미는데 있어 치밀하지 못했기 때문입니다. 여러분들은 반드시 신중하셔
야 합니다!"

이풍이 대답했다.

"전하 너무 걱정하지 마십시오. 저희들은 동승처럼 그렇게 무능하지
않고 사마사도 우리 무주처럼 뛰어 나지 못합니다."

그러나 사마사는 이미 이러한 사실을 알아버렸다! 이풍 등 세 사람이
동화문에 막 도착했을 때 그들은 사마사와 마주쳤다. 사마사는 무사들에
게 그들을 잡아오라고 큰소리를 쳤다. 그리고 장즙의 몸에서 혈서를 찾
아냈다.

사마사는 화가 나서 이를 부득부득 갈았다.

"좋다! 너희들이 감히 우리 형제를 죽이려 했단 말이지! 누구 없느냐,
저들을 형장으로 끌어내 곧바로 목을 베고 삼족을 멸하여라!"

다음날 사마사는 모든 대신들을 불러모아 그들 앞에서 선포했다.

"지금의 황제는 방탕한 생활을 하면서 간신들의 말만 들어, 천자로서
의 자격이 없는 자이다. 나는 이윤과 곽광의 예를 들어 고귀향공 조모를
황제로 세워 나라를 바로 잡고 천하를 안정시키려고 한다. 여러분들의
생각은 어떻소?"

사람들은 사마사가 무서워 감히 그에게 반대하지 못했다. 이렇게 해서 사마사는 사람을 원성으로 보내 조모를 모셔오게 했다. 그리고 황제에게서 옥새를 뺏고 곧바로 봉국으로 출발하게 했다(조방은 제왕으로 봉해졌다).

조모가 왕위에 오른 후 대장군 사마사에게 황월(황색 도끼)을 주었는데 특별히 그는 조정에 들 때에 고개를 숙이지 않아도 되었고 조서를 올릴 때도 서명하지 않으며 칼을 차고 대전으로 들어갔다. 이렇게 해서 사마사의 권세는 점점 더 커져갔고 그의 위세 또한 하늘 높은 줄 모를 지경에까지 이르렀다.

양주를 지키고 있던 진동장군 관구검은 사마사가 황제를 자기 마음대로 바꿨다는 말을 듣고 양주자사 문흠과 상의 한 후, 수춘을 근거지로 하여 회남의 각 현에서 병사들을 모아 사마사를 없앨 계획을 세웠다.

이때 사마사는 눈에 난 혹을 떼어내어 홀가분한 마음으로 자신의 거처에서 쉬고 있었다. 그런데 갑자기 회남에서 군사들이 일어났으며 그 군

생각 해보기

❋ 공명과 사마의 모두 황제를 보좌하는 임무를 가지고 있었다. 그러나 공명은 존경을 받은 반면 사마의는 미움을 받았다. 왜냐하면 공명은 나라를 위해 온 힘을 다해 죽음도 두려워하지 않았지만 사마의 부자는 정권을 차지하려고만 했기 때문에 어린 주군도 제대로 돌보지 않았다. 충효와 의리를 중요시해야 할 이가 사사로운 이익에 빠지게 되면 나쁜 결과를 낳게 된다는 것을 알 수 있다.

사들은 용맹하고 날쌔
서 그냥 무시할 수 없
다는 급한 연락이 왔
다.

이렇게 하여 사마소
에게 낙양에 남아 조정
일을 돌보게 하고 자신
은 아픈 몸을 이끌고
군사를 일으켜 나갔다.

이날 밤 사마사는 눈
에 난 상처의 통증이
심해서 악가성에 군사
를 머물게 한 후 장막
에서 쉬고 있었다. 삼
경 정도에 갑자기 함성
이 울려 퍼지더니 병사
들과 말들이 뒤엉켜서
어지러워졌다. 군사 한
명이 급하게 달려와 알

렸다.

"적군이 북쪽에서 공격해 왔습니다. 한 나이 어린 장수가 앞장서고 있는데 그 용감함을 당해낼 수가 없습니다."

사마사는 뜻밖에 심각한 소식을 듣고 너무 놀라 눈 주위에 난 상처가 덧나서 피가 줄줄 흐르고 그 고통은 이루 말할 수 없었다. 그러나 사마사는 병사들이 자신을 보고 겁을 먹게 될 것이 걱정되어 통증을 꾹 참고 눈 주위에 난 상처를 감추기 위해 이불을 뒤집어쓰고 아무 소리도 내지 않았다.

다행히 적군은 후방이 약해 조금 있다가 금방 후퇴해 버렸다. 얼마 후 동오가 수춘성을 공격해 관구검 등은 근거지를 잃고 정신 없이 신현으로 도망쳤고, 그 후 신현의 현령 송백의 꾀에 넘어가 관구검의 목이 날아나는 것으로 회남의 반란은 끝나버렸다.

허창으로 돌아온 사마사는 자리에 드러누워 끝내 일어나지 못하고 계속 정신이 희미해져만 갔다.

생각해 보기

❋ 조조가 천자를 등에 업고 제후가 되었고 조비가 헌제를 협박해서 황제의 자리를 빼앗았을 때, 얼마나 대단했던가! 그러나 수십 년이 지난 후, 조씨 집안의 자손이 같은 운명에 처하게 되었다. 인과응보(因果應報)라는 말을 실감하게 한다. 일을 처리 할 때에는 반드시 도리에 어긋나지 않게 행동 해야 마음이 편하다. 한손으로 하늘을 가리고 남을 속여가면서 절대 좋은 기회를 잡을 수 없기 때문이다. 그것은 자기 자신의 양심을 속이는 것이다.

사마사는 자신의 목숨이 얼마 남지 않았다는 것을 느끼고 마지막으로 사마소를 보기 위해 급히 낙양으로 사람을 보내 자신을 보러 오게 했다. 사마소가 막 도착했을 때 사마사는 거의 숨이 끊어질 듯해서 겨우 한마디했다.

"내가 죽고 난 후 너는 나의 직권을 이어 받아 중요한 일들은 절대로 다른 사람에게 쉽게 맡겨서는 안 된다. 그렇지 않으면 안 좋은 일이 생길 것이다. 아……."

사마사는 여기까지 말하고 갑자기 크게 고함을 지르더니 눈 주위에 난 상처가 덧나서 죽고 말았다.

사마소는 우선 황제에게 사람을 보내 이 소식을 알리고 뒷일을 처리했다. 얼마 안 되어 조모는 사마소에게 허창에 남아서 동오의 침입에 대비하게 했다.

사마소의 심복 종회(鍾會)가 말했다.

"대장군께서 방금 세상을 떠나셨으니 사람들의 마음이 흔들리고 있을 것입니다. 혹시라도 장군께서 이곳에 계시는 동안 후회할지 모를 큰 일이 조정에 생길지 모릅니다."

사마소도 깊이 생각해 보니 그럴 수 있을 것 같았다. 뒷일을 처리한 후 곧바로 자신은 반드시 낙양으로 돌아가야 한다는 내용의 조서를 올렸다. 그리고 황제의 명령도 기다리지 않고 군사를 이끌고 낙양으로 돌아와 낙

수 이남에 군사를 머물게 했다.

　황제는 어쩔 수 없이 그를 대장군으로 임명하여 조정의 주요기관을 책임지게 했다. 이때부터 조정의 안팎으로 크고 작은 모든 일들은 사마소 한 사람에 의해서 결정되었다. 어떠한 사람도 다른 의견을 내놓을 수 없었다.

60

삼국, 하나로 통일되다

감로 5년, 군신들로부터 사마소를 진공으로 봉해 달라는 청을 받은 조모는 계속 미루기만 하고 허락하지 않았다. 사마소는 화가 나서 소리쳤다.

"우리 부자 세 사람은 조위을 위해 많은 공을 세웠는데 고작 진공 정도를 내게 못 주겠단 말이냐?"

이렇게 말하고 차갑게 웃으며 나갔다.

조모는 후궁으로 돌아와서 돌이켜보니 생각하면 생각할수록 화가 났다. 그래서 궁전을 지키고 있던 무사 삼백여 명을 이끌고 사마소를 죽이려고 했다. 그러나 궁 밖으로 나서기도 전에 이 소식을 듣고 나타난 사마소의 심복의 칼에 찔려 죽고 말았다.

사마소는 거짓으로 슬픔을 못이기는 척하면서 황제를 죽인 자와 그의 삼족을 모두 죽이게 했다. 또한 무제 조조의 손자, 바로 연왕 조우의 아들 상도향공 조황(曹黃)을 황제로 삼았다.

조황은 황제에 오른 후 이름을 조환(曹奐)으로 바꾸고 사마소를 승상으로 삼고 진공에 임명했다. 그리고 문무 백관들에게도 각각 상을 내렸다.

다음 해 사마소는 강유가 답중에서 밭을 갈며 계책을 세우고 있다는 것을 알고 촉군을 공격하기로 결정했다. 우선 등애(鄧艾)에게 관 밖에 있는 십만 대군을 주어 답중으로 가서 강유를 공격하게 했다. 다시 종회에게 관중의 정예부대 삼십 만을 주어 온 힘을 기울여 한중을 공격하게 했다.

강유는 이 소식을 듣고 곧바로 싸울 준비를 하는 동시에 후주에게 사자를 보내 동오에 도움을 청하도록 했다. 또한 군사를 일으켜서 적에 맞설 것을 허락해달라는 내용의 조서를 올렸다.

그러나 중간에서 황호는 강유가 공을 세우고 싶어서 일부러 일을 크게 부풀려 말한 것이라고 헐뜯고 강유가 보낸 급한 서신들을 몰래 숨겨 버렸다.

✽ 지금 성도의 무후사는 실제로 한나라 소혈묘이다. 정전에 유비를 모시다가 후에 제갈량전이 되었다. 그러나 사람들은 습관상 승상사 또는 무후사라고 불렀다. 이것은 사람들의 공명에 대한 존경과 그리움이 황제인 유비보다 더 컸던 것을 나타낸다. 그밖에 무후사에는 관우와 장비도 모시고 있다. 그 중에 공명의 아들 제갈첨, 손자 제갈상도 같이 모셔져 있고, 관우와 장비 옆에 아들들의 상이 모셔져 있다. 유일하게 유비의 옆에는 손자인 유심만이 있고 적자인 유선의 상은 없다. 이것으로 보아 사람들이 비겁하게 나라를 팔아먹은 유선의 행동을 얼마나 싫어했는지 알 수 있다. 반면 어떠한 위협에도 굴하지 않고 자신의 뜻을 지키기 위해 죽어간 유심을 얼마나 존경했는지도 알 수 있다.

후주는 아무런 의심 없이 예전과 같이 매일 술을 마시며 놀기만 했고 위험이 바로 눈앞까지 온 것을 알지 못했다

종회의 대군은 거침없는 기세로 남정, 낙성, 한성, 양평을 연이어 공격했다. 답중에 있는 강유를 막고 있던 등애는 종회와 공을 다투기 위해 제멋대로 대군을 이끌고 음평으로 나아가 강유, 부성을 차지하고 면죽까지 나아갔다.

각지에서 급한 소식들이 눈발 날리듯 성도로 날아와서야 후주는 지금까지 모든 것이 황호의 거짓말이었다는 것을 알고 후회하며 급히 제갈첨(諸葛瞻) 부자를 불러 적을 막게 했다.

제갈첨은 공명의 하나밖에 없는 아들로서 행군호위장군으로 있었다. 그러나 후주가 황호만을 믿고 행동하는 것이 못마땅해서 병을 핑계삼아 관직을 떠났었다. 그러나 지금같이 나라가 망하느냐 마느냐 하는 위급한 상황에 처하게 되자 어쩔 수 없이 명령에 따라 큰아들 제갈상(諸葛尙)과 같이 어려운 나라를 돕기로 했다. 그러나 결국 두 부자도 싸움터에서 나라를 위해 죽게 되고 등애는 이 기회에 면죽까지 차지해 버렸다.

싸움에 크게 졌다는 소식을 들은 후주가 놀라서 어찌할 바를 몰라하자 대신들이 항복하자는 의견을 내놓았다. 그러나 황자 유심(劉諶)만은 적극적으로 반대했다.

"성도에는 아직 수만 명의 군사가 있고 강유 또한 곧 구하러 올 것인

데, 어찌하여 그리 쉽게 항복하려고 하십니까? 더 이상 도망칠 곳이 없다면, 당연히 누구든 성을 등지고 싸워 나라를 위해 죽는 것이 마땅한 것 아닙니까?"

후주는 이 말을 들으려고도 하지 않고 곧바로 초주에게 항복서를 써서 보냈다. 유심은 슬프고 분함을 참지 못해 소열묘(유비의 사당)를 찾아가 크게 울고 그 앞에서 가족을 모두 죽이고 그도 스스로 목을 베어 죽었다.

며칠 후 등애의 대군이 성도에 도착하자 후주는 태자와 왕자, 그리고 문무관원들 육십여 명을 이끌고 성을 나와 항복하여 스스로 촉한을 멸망시켰다.

강유는 이 소식을 듣고 마치 맑은 하늘에 날벼락이 떨어지는 것 같았다. 너무 놀라서 한참 동안 아무 말도 할 수 없었다. 장수들은 슬프고 분해서 큰 소리로 우는데 그 소리가 수십 리 밖에서도 들을 수 있을 정도였다.

강유는 하는 수 없이 직접 장익과 요화 등을 이끌고 종회에게 항복했다. 종회는 매우 기뻐 강유를 장막 안으로 맞아들여 귀한 손님 대하듯 했다. 또한 예전 촉한의 병력을 지휘하게 했다. 이때부터 강유는 종회 밑에 머물면서 자신의 뜻을 숨기기 위해 갖가지 방법으로 아첨하여 등애의 신임을 얻었다.

사실 강유는 진심으로 항복한 것이 아니었다. 종회와 등애의 사이가

벌어지기를 기다렸다가 그 틈을 이용해서 촉한을 다시 일으킬 계획을 품
고 있었다. 그러나 가엽게도 이 계획을 사마소가 알아 버렸다. 성공을 눈
앞에 두고 들통이 나 버리자 강유는 하늘을 향해 긴 한숨을 내쉬고 칼을
들어 스스로 목을 베어 죽었다. 장익 등 다른 이들도 이런 와중에 죽게

되었다.

얼마 후 사마소는 유선을 안락공에 봉하고 모든 가족들에게 낙양 근처에 머물 곳을 마련해 주었다. 그때 다만 상서령 번건(樊建), 시중 장소(張紹), 광록대부 초주와 미서량 극정만이 그를 따랐다.

어느 날 유선은 사마소를 찾아가 자신의 목숨을 살려주고 벌하지 않은 은혜에 감사했다. 사마소는 연회를 베풀어 그를 대접하면서 일부러 연회 자리에서 촉나라의 노래와 춤을 추게 했다. 유선과 같이 온 사람들은 모두 가슴이 아파 아무런 음식도 먹지 못하고 있는데 유선만이 아무렇지도 않은 듯 즐거워하고 있었다.

사마소가 유선에게 물었다.

"이곳의 생활은 어떻소? 촉이 생각나지 않소?"

유선은 웃으며 대답했다.

"저는 이곳 생활이 편하고 즐겁습니다. 촉은 조금도 생각나지 않습니다."

잠시 후 유선이 일을 보기 위해 밖으로 나왔을 때 극정이 뒤따라 나와서 작은 목소리로 말했다.

"전하, 어찌하여 촉이 생각나지 않는다고 말씀하셨습니까?"

"나는 정말 조금도 생각나지 않소."

유선이 이해할 수 없다는 듯 말했다.

극정이 알아듣도록 말했다.

"그렇지만 그렇게 대답하시면 안 됩니다. 다시 진공이 묻거든 반드시 눈물을 흘리며 매우 괴로워하시면서 이렇게 대답하십시오. '조상의 묘가 모두 멀리 촉땅에 있습니다. 그래서 저는 항상 서쪽만 바라보아도 가슴이 아픈데 어찌 매일 촉 생각이 나지 않겠습니까?' 이렇게 말씀하시면 진공은 반드시 우리를 촉으로 돌려보내 줄 것입니다."

"아, 꼭 그렇게 하겠소."

잠시 후, 과연 사마소는 유선에게 다시 물었다.

"정말로 촉이 조금도 그립지 않습니까?"

후주는 극정이 해준 말이 생각났다. 그런데 아무리 눈물을 짜내려 해도 나오지 않아 눈만 지긋이 감고 책을 읽듯이 말했다.

"조상의 묘가 모두 멀리 촉 땅에 있습니다. 그래서 저는 항상 서쪽만 바라보아도 가슴이 아픈데 어찌 매일 촉 생각이 나지 않겠습니까?"

사마소는 이 말을 듣고 픽 웃으며 말했다.

"어떻게 말씀하시는 것이 극정이 한 말과 똑같소?"

유선은 순간 놀라 눈이 휘둥그레져서 말했다.

"어떻게 아셨습니까? 사실 극정이 제게 이렇게 말하라고 한 것입니다."

사람들은 이 말을 듣고 배꼽을 잡으며 한참을 웃었다. 사마소도 유선의 어리석으면서 꾸밈없고 소박한 모습을 보고 매우 기뻐하며 더 이상 그를 의심하지 않았다.

조정 대신들은 사마소가 촉을 되찾은 공을 내세워서 계속 위주 조환에게 사마소를 진왕으로 봉해달라는 조서를 올렸다. 조환은 비록 천자이기는 하지만 사실 아무런 힘이 없는 천자이기 때문에 감히 반대할 수 없었다. 이렇게 하여 진공 사마소를 진왕으로 봉하고, 사마소의 부친 사마의를 선왕으로, 형 사마사를 경왕으로 시호를 높여주었다. 사마소는 큰아들 사마염을 세자로 봉했다.

이날 사마소는 조회를 마치고 집으로 돌아오는 길에 이상하게 술 생각

이 났다. 그런데 그때 갑자기 중풍을 맞고 쓰러져 병세가 심해졌다. 왕상, 하증, 순의와 다른 대신들이 계속 문병을 왔지만 사마소는 겨우 손을 들어 세자 사마염만 가리킬 뿐 아무 말도 하지 못하고 그대로 숨을 거두었다.

하증이 말했다.

"천하의 큰 일은 모두 진왕에게 달려 있었습니다. 세자를 곧바로 진왕에 오르게 해야합니다."

이렇게 해서 다음날 사마염은 곧바로 진왕에 오르고 아버지 사마소에게 문왕 시호를 바치고 하증을 승상을 봉했다.

사마염은 제위를 이은 후 야심을 드러내기 시작했다. 계속 황제의 자리를 뺏을 기회만 찾고 있었다. 가충(賈充)과 배수(裵秀) 두 사람은 사마염이 어떤 생각을 가지고 있는 지를 너무나 잘 알고 있었기 때문에 조환에게 한 헌제를 본받아 제위를 진왕에게 넘기라고 하였다.

조환은 어쩔 수 없이 좋은 날을 골라 사마염에게 제위를 넘겨주었다. 제위를 넘겨주는 이날 문무 백관들은 모두 수선대 앞에 나와 가지런히 줄지어 서고 조환은 직접 전국 옥새를 들고 수선대 앞에 무릎 꿇고, 사마염은 수선대에 올라 조환에게 제위를 받았다.

사마염은 제위에 오른 후 국호를 진으로 바꾸고 연호를 태시로 하였다. 그리고 조환을 동류왕에 봉하고 전국에 큰 사면령을 내렸다. 이렇게

286

하여 조위는 천명을 다했다.

지금 우리는 다시 강동의 오국으로 눈을 돌려보자.

신봉 원년 손권이 병들어 죽자 태자 손량(孫亮)이 제위에 오르고 제갈각(諸葛恪), 손준(孫峻), 손침 등에게 나라 일을 돕게 했다. 그러나 이들은 서로 권력을 차지하기 위해 이때부터 아웅다웅 싸우느라 조용할 날이 없었다.

손침은 자신의 자리가 중요하다고 여긴 나머지 매우 거만해져서 사람들을 우습게 봤다. 손량은 매우 기분이 좋지 않았다. 그래서 큰 누나 전공주, 장군 유승(劉丞)과 몰래 손침을 죽일 계획을 세웠다. 그러나 비밀이 새어나가 꾸민 일이 들통나 버렸다. 그래서 손침은 손량을 회계왕으로 낮추고 다시 낭야왕 손휴(孫休)를 제위에 올리고 연호를 연안으로 바꿨다.

영안 7년, 손휴도 병으로 세상을 떠나고 원래 태자 손완이 뒤를 이어야 했다. 그런데 조정 대신들이 생각해보니, 촉한이 얼마 전에 망했고 또 작년에는 교지군이 큰 반란을 일으켜 온 나라가 혼란에 빠져 민심이 좋지 않았다. 그래서 나이가 좀 지긋하고 바른 황제가 제위에 올라야 민심을 위로하고 또한 나라도 안정될 수 있다고 생각했다. 그러나 손완은 나이가 너무 어려 나라를 안정시키기에 적합하지 못했다.

좌전군 만욱(萬彧)이 오정에서 현장을 맡고 있을 때 호정후 손호(孫晧)

와 좋은 친구 관계로 지냈다. 그는 예전부터 손호가 똑똑하고 결단력이 있으며 책을 가까이 하는 사람이고, 재능과 식견이 매우 뛰어나 가히 장사의 환왕, 손책과 비교할 만하다고 생각했다. 이렇게 하여 만욱은 승상 복양흥과 좌장군 장포(張布)에게 적극적으로 그를 추천하였다.

복양흥은 감히 결정을 내리지 못하고 궁궐에서 가장 어른이신 태후에게 물었다. 태후가 말했다.

"저같이 하찮은 아녀자가 어떻게 나라의 큰 일을 결정할 수 있겠습니까? 여러분께서 상의해서 결정하시는 것이 나라에 가장 이로울 것입니다. 황가의 제사를 맡길 수 있고 또한 백성들을 걱정없이 편히 살수만 있게 해주면 되는 것이지 누가 제위에 오르든 무슨 상관이 있겠습니까?"

이렇게 하여 손호를 제위에 올리기로 결정했다. 연호를 원흥으로 바꾸고 태자였던 손완을 위장왕으로 봉했다. 손호가 처음 제위에 올랐을 때

> **작은 자료실**
>
> ❀ 향공 (鄕公)
> 위 나라의 작위. 왕의 적자는 세자로 서자는 향공으로 봉했다.
> ❀ 광록대부 (光祿大夫)
> 한나라의 관직 이름, 이론을 정리하고 조서 쓰는 것을 도왔다.
> ❀ 비서랑 (秘書郎)
> 관명. 궁안의 책과 경전, 중요한 문서들을 관리하고, 문서 초안 잡는 것을 돕는다.
> ❀ 좌전군 (左典軍)
> 좌익 금어군을 지휘하는 사령관.

는 밝은 주군의 풍모가 있어 백
성들의 생활을 이해하려고 노력
하여 많은 개혁을 추진해가면서
나라 일을 돌보았다. 온 나라에
는 똑똑하고 인자한 밝은 군주를
존경하지 않는 이가 없었다.

그러나 아쉽게도 이렇게 좋은
때는 그리 길게 가지 못했다. 그
는 실질적으로 모든 권력을 차지
하게 되자 오만하고 술과 노는
것을 좋아하며 포악한 자신의 본
래 성격을 드러내기 시작했다.
게다가 포악함이 극에 달해 전국
의 모든 백성들은 크게 실망했
다.

❋ 역사상, 보통 폭군은 백성들에
의해 결국 망하게 된다. 또 폭력
을 숭배하는 국가도 결국 패망의
운명을 피할 수 없다. 폭정은 절
대 인류문명과 어울리지 않으며
결국 없어져야 할 것들이다.
이러한 의미에서 사람과 사람 사
이에서도 폭력은 환영받지 못한
다. 만약 폭력으로 다른 사람을
위협했을 경우 겉으로는 따르는
척하지만 진정한 마음으로 따르
는 것은 아니다. 그렇기 때문에
상대방은 힘을 길러 이에 반항할
기회를 찾게 된다.
그래서 폭력은 진정한 해결책이
아니고 또한 참된 인간관계를 맺
을 수 없다.

복양흥과 장포도 후회가 이만저만이 아니었다.

그래서 그에게 잘못된 점을 말하다가 오히려 목숨을 잃고 그의 가족
들까지 모조리 죽게 되었다. 이런 일이 있은 후, 손호의 나쁜 짓은 더욱
심해졌다. 자주 큰 토목 공사를 일으키고 대신들에겐 자신이 먹고 즐길

물자들을 대도록 했다. 혹 바른 말을 하는 사람이라도 있으면 모두 죽여 버렸다. 거의 사십여 명의 충신들이 죽자 조정의 여기저기에서 원망의 소리가 일어나기 시작했다.

한편 사마염은 제위에 오른 후 강동에 정신을 집중시키고 있었다. 매일 조정 대신들과 동오를 공격할 계책만 상의하고 있었다. 이렇게 하여 동오 천기 3년, 진 감령 5년에 이십여 만 대군이 물과 육지, 여섯 군으로 나뉘어 동오를 공격하기 위해 출발했다.

손호는 이 소식을 듣고 너무 놀라 얼굴색이 변해서 급히 오연(伍延), 손흠(孫歆), 제갈정에게 나가 맞서게 했다.

그러나 어떻게 사납기가 성난 호랑이와도 같은 진나라의 대군을 당해 낼 수 있겠는가? 병사들과 백성들은 일찍이 손호의 포악한 행동에 모두 괴로워하고 있었기 때문에 모두 목숨 걸고 싸우려고 하지 않았고 결국 진나라의 대군은 아무런 방해도 받지 않고 동오를 빼앗았다.

손호는 사람들이 자신을 떠나는 것을 보고 더 이상 살 가망이 없다고 판단하여 성밖으로 나와 항복하였다. 사마염은 손호를 귀명후로 봉하고 그의 아들과 손자들 모두에게 중랑 벼슬을 주었다. 또한 항복해 온 관리들에게도 각각 상을 주었다.

이렇게 하여 많은 영웅들과 간신들이 난립하던 삼국시대가 끝나고 천하는 하나로 통일되었다.

내 손으로 만드는 Card 시리즈 1~8권

주위 사람들에게 기쁨을 줄 수 있는 카드!

간단하면서도 특별한 카드를 만들 수 있도록 여러 가지 작품을 소개합니다.
정성이 듬뿍 담긴 카드를 직접 만들어 보낸다면 받는 사람도 더욱 기뻐할 것입니다.

■ 혜지원 단행본팀 기획/김옥경 감수/4X6배판/컬러/7,000원

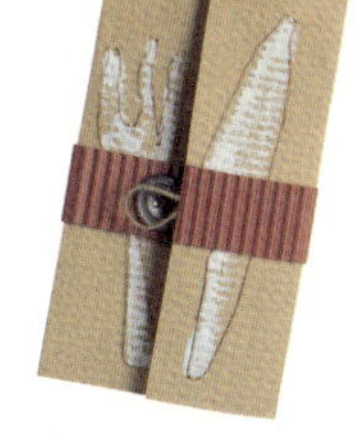

❶ 생일 카드 만들기

❷ 간단한 카드 만들기

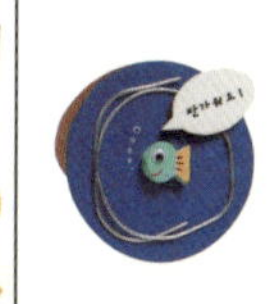

❸ 초대 카드 만들기

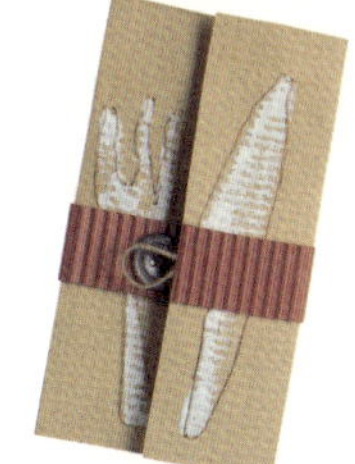

❹ 러브 카드 만들기

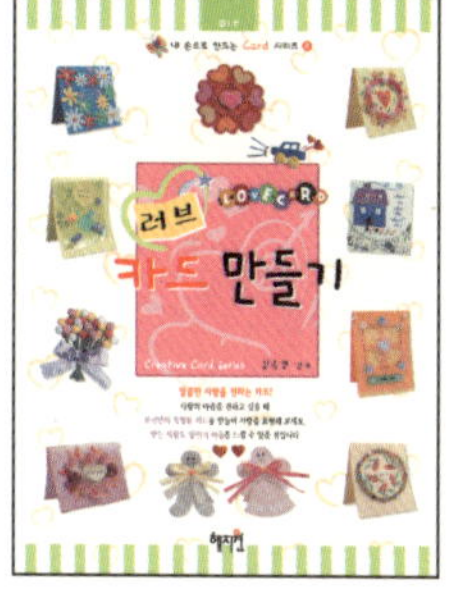

❺ 크리스마스 카드 만들기

❻ 감사 카드 만들기

❼ 할로윈 카드 만들기

❽ 패션 카드 만들기

DIY 시리즈
Do it yourself

재미있는 만들기

만들기의 즐거움을 느껴보세요! 만드는 것에 그치지 않고, 그것을 활용하여 재미있는 놀이까지!

재미있는 만들기 시리즈는 주변에서 손쉽게 구할 수 있는 재료를 활용하여 간단한 장식품과 놀이 기구를 직접 만들어 볼 수 있도록 구성하였습니다. 창의적이고 재미있는 아이디어의 세계로 여러분을 안내합니다.

재미있는 폐품으로 만들기

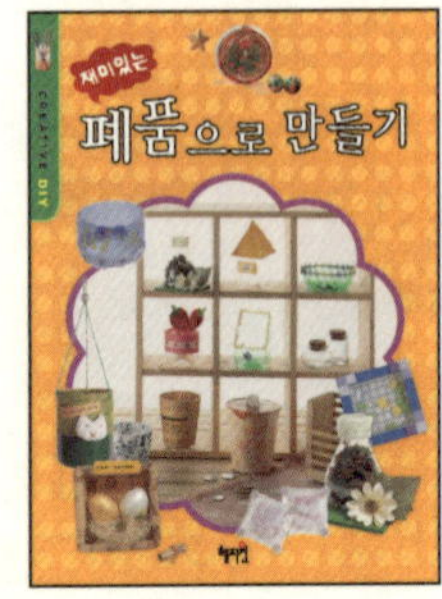

플라스틱 제품과 일회용품 활용하기!

쉽게 버려지는 물건들이지만 우리의 손을 거친다면, 곧 멋진 작품으로 다시 태어나게 됩니다. 재미있게 직접 만들어 보면 멋지게 집안을 꾸밀 수 있을 뿐 아니라 자원을 낭비하지 않고 재활용하는 습관을 기를 수 있습니다.
여러분, 지금부터 폐품의 새로운 탄생을 함께 지켜 볼까요!

■ 혜지원 단행본팀 기획/김옥경 감수/4X6배판/144쪽/컬러/9,000원

재미있는 부직포로 만들기

창의력을 발휘하여 멋진 부직포 작품을 만들어 봅니다.

부직포를 이용하여 여러 물건들을 만들면 아이들의 창의력이 쑥쑥 자라납니다. 또한 집안을 꾸미고 장난감을 만들어 친구들과 재미있게 놀수도 있습니다.
자! 그럼~ 부직포의 세계로 떠나볼까요!

■ 혜지원 단행본팀 기획/김옥경 감수/4X6배판/144쪽/컬러/9,000원

재미있는 재활용품으로 만들기

재활용품을 이용한 장난감 만들기!

버려질 운명에 처해 있던 쓰레기들이 어떻게 재활용되는지 재미있게 만들어 봅시다. 사소한 물건일지라도 어떤 시각을 갖고 보느냐에 따라 그 용도가 크게 달라집니다.
자~ 지금부터 우리가 그들에게 멋진 생명을 불어 넣어 볼까요!

■ 혜지원 단행본팀 기획/김옥경 감수/4X6배판/144쪽/컬러/9,000원

재미있는 빈병으로 만들기

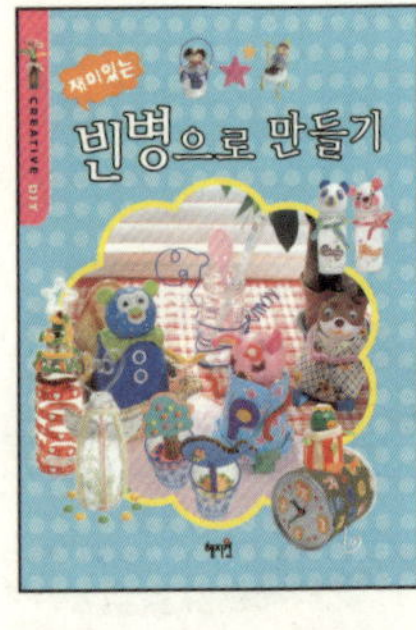

빈병과 캔으로 수납이 가능한 멋진 장식품을 만들어 봅니다.

무심코 버리게 되는 여러 모양의 빈병과 캔을 실용적인 물건으로 변화시킬 수 있도록 참신하고 독특한 아이디어를 소개합니다.

■ 혜지원 단행본팀 기획/김옥경 감수/4X6배판/144쪽/컬러/9,000원

재미있는 종이 상자로 만들기

종이 상자와 우유팩을 실용적인 수납함으로 만들어 봅니다.

여러분의 기발한 아이디어만 있으면 버려져야 하는 종이 상자나 우유팩이 예쁘고 실용적인 여러 종류의 수납함으로 바뀔 수 있답니다.
여러분, 지금부터 우리 다같이 창작의 세계로 떠나요!

■ 혜지원 단행본팀 기획/김옥경 감수/4X6배판/136쪽/컬러/9,000원

좋은 책만을 고집하는 독자들을 위해 좋은 책만을 만드는 출판사
혜지원에서 출간되는 다양한 DIY 시리즈로 생활을 풍요롭게 만드십시오.

교실 꾸미기 시리즈 1~5권

호기심과 상상력이 가장 활발한 아이들과 함께 교실을 예쁘게 꾸며 보세요!

생활하는 환경은 아이들에게 많은 영향을 끼치는 중요한 곳입니다. 호기심이 많은 아이들이 깨끗하고 색감 풍부한 환경에서 생활한다면 좋은 성품과 세심한 관찰력을 기를 수 있을 것입니다.

■ 배은정, 정석훈 옮김/4X6배판/144쪽/컬러/9,000원/색종이 부록 포함

교실 꾸미기 1
재미있는 환경미화

교실 꾸미기 2
재미있는 조형나라

교실 꾸미기 3
재미있는 상상의 세계

교실 꾸미기 5
멋진 기념일

교실 꾸미기 4
신나는 응용의 세계

재미있고 신나는 Magic(마술) 과학 실험

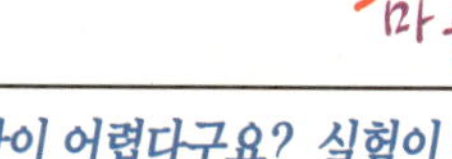

과학이 어렵다구요? 실험이 번거롭고 재미없다구요?

우리 주변에서 일어나는 과학현상을 간단하고 재미있는 실험을 통해 원리와 성질을 알아 볼 수 있는 실험책이 나왔습니다. 주변에서 쉽게 구할 수 있는 재료들을 이용하여 실험하다 보면 원리 이해도 쏙쏙, 과학에 대한 흥미도 점점 커져서 자신도 모르게 주변 사물들을 과학적으로 보는 힘이 생길 것입니다.

■ 영국 어스본 출판부 지음/국배판/96쪽/컬러/9,500원

놀이로 키우자 1, 2, 3

**IQ.EQ 발달, 창의력 개발, 언어능력 개발 그리고 바른 놀이 습관까지!
건강하고 똑똑한 아이로 키우는 육아놀이 총집합**

"엄마, 아빠와 함께 하는 놀이는 전세계 유아교육 전문가들이 인정하는 지상 최고의 교육법입니다."
이 책에 소개된 육아놀이들은 '두뇌개발 놀이', '창의력개발 놀이', '언어능력개발 놀이', '신체,
운동능력개발 놀이', 'EQ개발 놀이', '감각, 인지능력개발 놀이', '사회성개발 놀이', '아빠놀이',
'좋은 습관 놀이', '목욕 놀이' 등 모두 10가지의 발달 영역과 테마로 분류되어 있고, 각 놀이마다
삽화와 자세한 놀이 방법이 소개되어 있습니다.

■ 장은미, 김영숙 지음/신국판/200쪽/2도 인쇄/7,800원/베이비 클래식 CD 포함

건강하고 똑똑한 아이로 키우는 육아놀이 165
놀이로 키우자 0-12개월

엄마, 아빠와의 놀이는 아이의 성장을 돕는 외적 자극 중 가장 우수한 자극입니다.

이 시기에 엄마는 아기들에게 지속적인 자극을 주는 놀이를 하세요. 부드러운 천으로 아기의 피부를 자극시키거나 노래를 불러주세요. 아기는 목소리로 엄마를 알아보고 엄마의 목소리를 듣고 안정을 찾습니다.

건강하고 똑똑한 아이로 키우는 육아놀이 169
놀이로 키우자 12-24개월

아이와 놀이를 함으로써 아이가 성장하는 내내 바람직한 자극과환경을 제공하는 부모가 됩니다.

아이가 자심감을 가질 수 있도록 "잘했어요"라는 칭찬을 자주 해주어야 합니다. 놀이를 통해 얻은 자신감은 다른 분야의 발달로 이어지기 때문입니다.

건강하고 똑똑한 아이로 키우는 육아놀이 169
놀이로 키우자 24-36개월

아이가 재미있어 하고 자꾸 하고 싶어하는 놀이가 좋은 놀이 입니다.

거울을 보며 웃는 것은 자신의 존재를 느끼며 자아 인식이 확립되는 것을 보여주는 행동입니다. 이때 자기 주장이 너무 지나쳐 주위와 마찰을 빚을 수 있으므로 엄마의 세심한 보살핌이 필요합니다.